徳間文庫

人情刑事・道原伝吉

百名山殺人事件

梓　林太郎

徳間書店

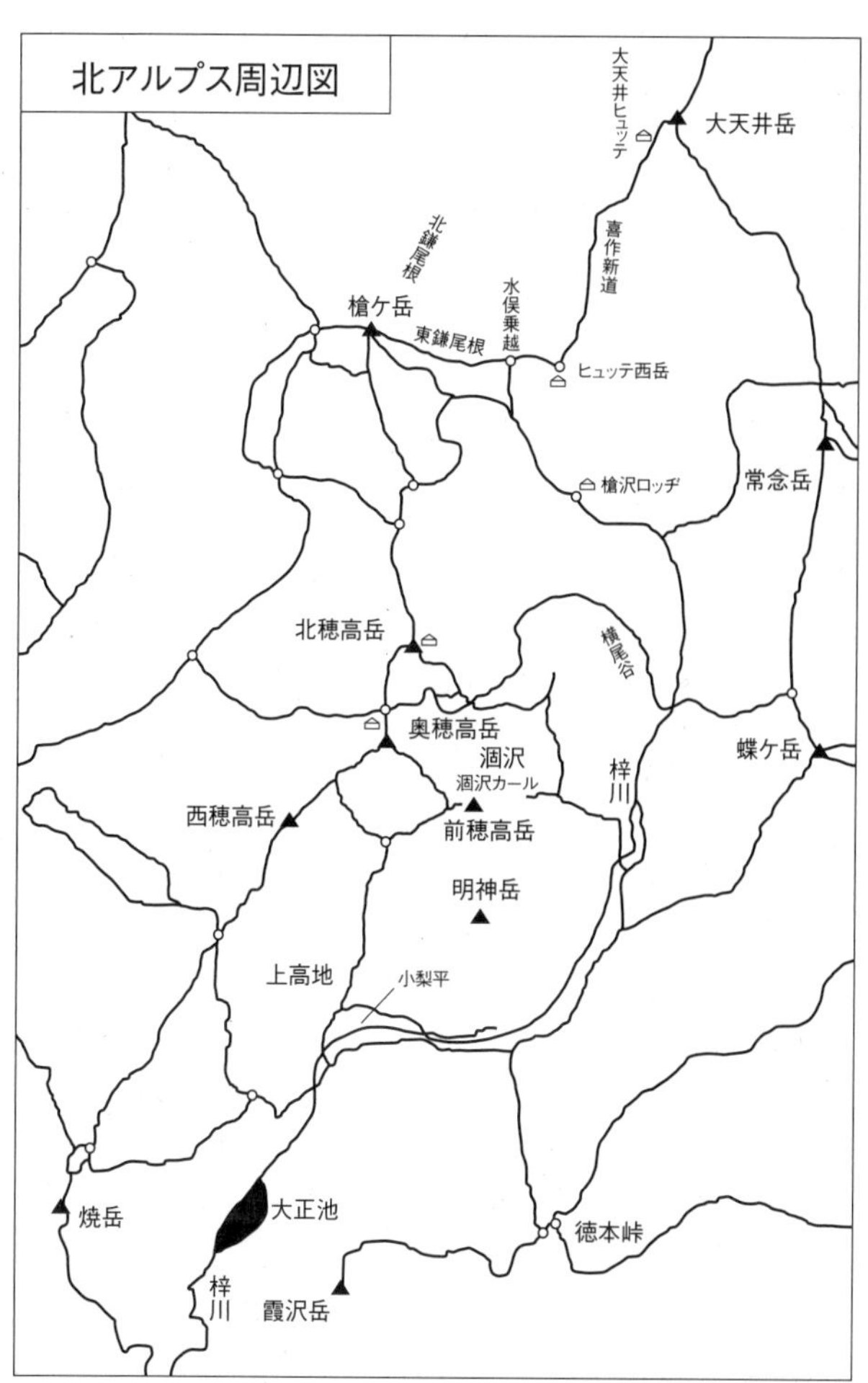
北アルプス周辺図
大天井ヒュッテ
大天井岳
喜作新道
北鎌尾根
水俣乗越
槍ケ岳
東鎌尾根
ヒュッテ西岳
槍沢ロッヂ
常念岳
北穂高岳
横尾谷
奥穂高岳
涸沢
涸沢カール
蝶ケ岳
梓川
西穂高岳
前穂高岳
明神岳
上高地
小梨平
焼岳
大正池
徳本峠
梓川
霞沢岳

1

長野県松本市に住む五十四歳の男性が、わずか五年あまりで「日本百名山」を踏破しようと頑張っている——という記事が新聞に載った。

この人は、元会社員の堺川理三。いままで登ったのは、故・深田久弥氏が一九六四年に著した「日本百名山」で紹介された山々。一部に変更はあるものの、険しい山を北は北海道の利尻岳から、南は鹿児島県屋久島の宮ノ浦岳まで、おもに夏と秋に登りつづけ、目下、仕上げの北アルプスの峰々に挑んでいる。

「日本百名山」を踏破したのは何人もいる。有名な登山家は一九九六年八月、百二十三日での連続踏破を達成しているし、同年十月には、七十四歳の夫と六十九歳の妻が、三十四年かけて二人三脚で踏破している。

堺川は、東京の会社に勤務していたが、九〇年十月、自動車を運転中、トラックに衝突され、左足を骨折し、意識不明の状態が二日間つづくという重傷を負った。奇跡的に持ち直したが、事故の後遺症で、ひどい頭痛に悩まされた。

骨折した左足は、約三か月間のリハビリで回復したが、頭痛だけはいくつかの病院や治療院を変えても治らなかった。

そのころ友人の勧めがあって、朝晩一〇キロぐらいの距離を速足で歩くことを始めた。これを三か月ほどつづけるうち、頭痛がしだいに治まり、翌年四月にはぴたりとやんだ。

彼はもともと山歩きが好きで、東京近郊の丹沢(たんざわ)や奥多摩(おくたま)や秩父(ちちぶ)の山に登っていた。区の体力測定で、「実年齢より十歳は若い」と出たことに自信をつけ、富士山や南アルプスの北岳(きただけ)に登るうち、いっそ「日本百名山」を踏破しようと思い立った。

北海道や九州へは飛行機を使い、そのほかは列車を利用するなどして「百名山」に登りつづけた。

山小屋へ泊まり、四、五日かけて縦走したこともある。夏場は、ツェルト(簡易テント)と寝袋を携行し、露営で三、四座を縦走したこともある。

山行(さんこう)を終えて帰宅すると、自分の健康のことや、登り下りの道程で気づいたことや、山中で会った人たちとの会話などを思い出してはノートに書いていた。

このことが、松本市に本社のある信濃日日新聞編集員の目にとまり、堺川独自の「百名山」を出版してみないかと勧められた。

彼は、山行を終えるとそれの執筆に取りかかり、新聞社に送っている。

堺川はすでに、北海道、東北、関東、山陰、九州の山々を踏破し、南アルプス、中央アルプス、八ケ岳を経て、今年は北アルプスの核心部である、白馬、五竜、鹿島槍に登っており、十月には黒部五郎、黒、鷲羽、燕、霞沢、焼、槍、百番目の奥穂高に登頂して、全山達成を祝うことにしている。

この達成に向けて、信濃日日新聞では九月から堺川に記者を同行させ、記者の目から見た堺川を折あるごとに新聞に掲載することにしている。

この記事は中高年に感動を与え、重い病気や怪我を経験した人たちに勇気を持たせる結果になった。

堺川は、九〇パーセント、深田久弥氏の「日本百名山」にそって登っているが、堺川としてはずすことのできない山があり、一部に変更がある。つまり「日本百名山」の選に洩れた山を、彼は自分の好みによって拾い上げ、それに代わっていくつかの山を捨てたのである。

深田氏は「日本百名山」の「後記」にこう書いている。

「よく私は人から、どの山が一番好きかと訊かれる。私の答はいつもきまっている。一番最近に行ってきた山である。その山の印象がフレッシュだからである。おそらく右に挙げたような山も、もし私がそこから帰ってきたばかりであったら、当然百名山に加えたに違いない。愛するものは選択に迷う」

また、

「その中からの選択も私を当惑させた。当然選ぶべきものに、雪倉岳、奥大日岳、針ノ木岳、蓮華岳、燕岳、大天井岳、霞沢岳、有明山、餓鬼岳、毛勝岳……」

堺川は右の中から、針ノ木、燕、霞沢を拾い上げて登っていた。当然、彼によって踏まれなかった頂点がいくつかあった。

彼は二年前、東京の住まいを引き払って松本市に転居した。以前から憧れていた土地であり、毎日好きな山を眺めて暮せるということと、新聞社の協力を得やすいという理由も含まれていたようである。

「きょうあたりは燕か」

長野県警豊科署刑事課の伏見は、新聞記事を見ていった。

「この人は、毎日山に登っていられるなんて、いいご身分だな」

伏見の横から新聞をのぞいていた牛山がいった。

「雪解けごろから秋まで、五年あまりも働いていないようだな。生活費はどうしているのかな？」

伏見は首を傾げた。

「もともと資産や蓄えがあったんだろうな」

そういう人でないと、働かずに交通費や宿泊費を自分で負担しての登山は不可能だっただろう。

そのころ道原は小会議室で、諏訪署から転勤してきたばかりの芝本に会っていた。

芝本は、伏見や牛山より歳上の二十八歳だ。岡谷市の生まれで、地元の高校を卒えると東京の大学に進んだ。大学卒業と同時に長野県警に採用され、大町署、諏訪署の各刑事課に配属されていた。

高校のころから山登りを経験しており、一時、山岳救助隊員になる夢を持っていたこともあったという。

身長は一七八センチ。肩幅が広くてがっちりしたからだつきをしているわりに、顔が小さい。したがって、伏見や牛山に並んですわっていると、いくぶん見劣りがした。

それに彼は口数が少なく、道原は会った瞬間、暗い印象を受けた。

豊科署に転勤してきた三日目のきのう、諏訪署の小柳刑事課長から道原に電話があり、

「少しばかり事情のある男だが、根は真面目だ。山登りの経験があるから、豊科署では役立つことも多いと思う。伝さんが仕込んでくれれば、いい刑事になる」

といわれた。

事情とはどんなことかと、道原がきくと、今年の四月、芝本の恋人だった女性が、立山で男とともに遺体で発見された。富山県警では事故か心中ではないかとみているが、芝本は納得できず、勤務の合間に密かに死亡した女性と、一緒に遺体で発見された男の背景を洗っているらしいという。

2

「きのうの夕方、小柳課長から、君のことをきいたんだ」

道原は、芝本の暗い光を持った目を見て切り出した。

「赤尾杏子のことですね？」

芝本は、まばたきをしてから目を伏せた。

「山で亡くなったのは、赤尾杏子さんていうのか?」

「はい。二十五でした」

赤尾杏子は、東京の出身だった。大学を卒え、東京に本社のある旅行代理店に入社し、松本支社に勤務していた。両親や兄妹は東京にいる。

「彼女とは、どこで知り合ったんだ?」

「鹿島槍です。いまから三年前の夏、ぼくは単独でしたが、彼女は女性の三人パーティーで登っていました」

赤岩尾根の登りの途中、何度か休むたびに彼女らのパーティーと会い、しぜんに言葉を交わすようになった。冷池小屋での夕食には同じテーブルで向かい合って話すうち、翌日は鹿島槍へ一緒に登ることになった。意気投合して、にわかパーティーになったのだ。

彼女ら三人は岳友で、白馬にも、唐松にも、針ノ木にも登っていたが、鹿島槍は初めてだといった。

芝本はそれまでに鹿島槍を経験していたので、案内役をつとめる恰好になったのだった。

杏子ら三人は健脚で、無事山行を終えた。

別れぎわに大町で、おたがいに住所を交換した。また機会があったら一緒に山行をしようと話し合った。

そのとき杏子は、東京の本社勤務だった。

芝本には杏子の顔や姿が灼きついた。鹿島槍で撮った写真に、彼女にだけは少し長い手紙を添えて送った。

彼女からも写真と礼状が送られてきた。

その年の九月末、杏子は単独で諏訪へやってきた。芝本は彼女を霧ケ峰へ案内した。

このハイキングで、二人は急速に親しくなり、彼が東京へ出て行って会うようになった。双方が、中間の甲府で落ち合ったこともあった。

彼女の希望が通って、翌九四年四月、彼女は松本支社に転勤した。それ以降二人は、休日、松本で会うことが多くなった。

去年の春ごろ、どちらからともなく結婚を口にするようになった。杏子は両親に芝本のことを話し、彼はいずれ正式に会いに行きたいと彼女にいった。

去年の十月末だった。二人は立山登山を計画していたのだが、芝本はこの山行の直前に発生した事件の捜査に当たって行けなくなった。

彼女は迷っていたようだが、「来年の五月まで山に登れなくなるから」といって、単独で出掛けた。

彼女は、単独行だからハイキング程度だといっていたが、行方不明になった。雪崩に巻き込まれた可能性もあるということで、富山県警山岳警備隊は五日間捜索したし、杏子の友人や出身大学のＯＢなども出てさがしたが、発見できないまま山は吹雪いて厳冬期に入った。

諏訪署管内で起きた事件は未解決で、芝本はついに杏子の捜索に参加できなかった。

翌年四月。真砂岳近くで、登山者によって雪の中から男性の遺体が発見された。雪面に山靴が突き出ていたのが発見のきっかけだった。

その人は山岳警備隊員の手によって雪の中から掘り出されたのだが、男性と抱き合うようにして女性が遺体で発見された。

のちにその女性が赤尾杏子と確認された。

二人の遺体は登山道からはずれていた。そこで同警備隊は、登山道をはずれて歩くうち、二人は同時に雪崩に巻き込まれたか、あるいは心中の可能性もあるという見方をした。

これをきいた芝本は納得できなくて、杏子の両親に会い、二人の解剖結果を詳しくきいた。

男の身元も判明した。東京・足立区に住む古岩吾郎（当時三十六歳）で、彼には妻子があった。

「解剖でどんなことが分かった？」

道原は芝本にきいた。

「二人は食べた物が違っていました」

「パーティーを組んでいたとしたら、食べ物は同じだろうがな。しかし、たがいがべつべつの物を背負っていて、それぞれが自分の食糧しか食べなかったとしたら、そういうこともあるだろう」

「自分が持っていた物を食べたとしても、食べた時刻は同じではないでしょうか？」

「消化状態が違っていたのか？」

「二人には、食後二時間ぐらいのずれがあるんです」

芝本は、テーブルの一点をにらむような目をして答えた。

「二時間ぐらいのずれか……」

道原は腕を組んだ。

交通事故でも発生したのか、パトカーがサイレンを鳴らして出て行った。

「それぞれが、べつの場所で食事し、雪崩に遭った場所で落ち合ったことも考えられるな」

「ぼくは、二人が心中どころか、まったく知らない者同士で、偶然近くにいて雪崩に巻き込まれ、もう一つ偶然が重なり、同じ場所で死亡したということではないかという気がするんです」

「君は、二人のことを、ときどき調べているということだが？」

「杏子と古岩という男が、知り合いだったかどうかをさぐりました」

「どうだった」

「まだはっきりしたことはいえませんが、接点を掴むことはできません」

「二人が、仕事上関係があったということは？」

「古岩は、工作機械の営業マンですから、杏子とは業種が異なります。旅行の案内なんかで知り合っていたかもしれませんが、そこのところは……」

はっきりしていないという。

道原には、二人を解剖した結果、胃中の食物の消化状態が違っていたという点がひっかかった。それぞれが食物を摂った時刻が違うのでなくて、食べた時間はほぼ同じだが、死亡時刻が異なっているのではないかと気づいたのである。

二人が同じ場所で雪崩に呑み込まれたのなら、死亡時刻は同じでなくてはならない。だが、それぞれは同じ時刻に死亡していないため、食物の消化状態が異なっているようにも思われるのだ。

「古岩という男の家族に会ったか？」

「奥さんに会いました」

「自殺か心中しそうな動機についてきいたか？」

「奥さんは、まったく心当たりがないといっています。古岩さんの会社の同僚にも会いましたが、結果は同じで、自殺や心中するような男ではないといわれました」

「杏子さんについても、同じだろうな？」

「彼女が、ぼくを裏切ってべつの男と山へ登ったなんて、考えられません。彼女の友だちも認めていますが、真面目な女性でした」

「古岩も単独で山へ行ったんだな？」

「彼は、毎年四、五回は登っていたそうです。最後の登山は、奥さんに単独だと話していたということです」

「立山の十月下旬といったら、冬山も同じだ。古岩には冬山経験があっただろうか？」

「学生時代は、山岳部に所属していたということです。立山登山は、杏子と同じで、山小屋を利用するつもりだったようで、わりに軽装だったそうです」

軽装といっても、長年山を経験している者らしく、ソツのない装備だったという。

「杏子さんの遺品を見せてもらったか？」

「今年の一月、東京からご両親と兄さんがきて、彼女の部屋を整理しました。そのとき、彼女の日記なんかを見せてもらいました」

「十月末の山行について、なにか気になることは書いてなかったか？」

「彼女はぼくのことをSと書いていました。Sと二人で登る予定だったが、Sが行けなくなったので、一人で行くとしてありました」

「Sは、間違いなく君を指しているんだろうな？」

道原がいうと、芝本は一瞬、眉間に変化を見せた。

「ぼくと会った日にもSとしてありました」

自分以外にSはいないと、芝本の表情はいっていた。

四月、杏子が遺体で発見され、実家近くの寺で葬儀がいとなまれた。それには芝本も参列し、実家で杏子のアドレスノートを見せてもらったが、その中に古岩吾郎の名は見当たらなかったという。

葬儀には、杏子の友人が何人もきていた。芝本は友人たちに会い、古岩という男についての心当たりをきいたが、知っていると答えた人は一人もいなかった。

「君は最近も、杏子さんの変死に疑いを持って、なにか調べているそうだが？」

「彼女が、古岩という男と、なぜ同じ場所で死んでいたのかをはっきり知りたいんです」

「富山県警のほうは、二人の遭難をどうみているんだ？」

「さっきもいいましたように、心中か、二人が一緒にいて、雪崩に巻き込まれた以外は考えられることはないといっています」

積極的に捜査はしていないようだという。

「自分で動くのはやめることだ。杏子さんのことでなにか思いついたら、所轄署に連絡しておいたほうがいい」

所轄は富山県警上市署である。

芝本は、上市署に一度出向いて事故処理に当たった係官に会っているという。

道原は念のためにきいた。

「なんという人だ?」

係官は、刑事課の広島という人だと芝本はいって、名刺を道原に見せた。道原はその名をノートに控えた。

3

道原は、上市署の広島刑事に電話した。声の感じだと、道原と同じ四十代のようだった。

芝本を覚えているかというと、

「立山の真砂岳で雪崩に遭って亡くなった女性の関係者でしたね」

広島は芝本を思い出したようだった。

道原は、芝本が豊科署の刑事課へ転勤してきたことを伝え、赤尾杏子の遭難について彼から話をきいたところだと話した。

「芝本は、赤尾杏子と古岩吾郎の関係が納得できないといっています。赤尾杏子のアドレスノートに、古岩吾郎の名は載っていなかったということです」

「芝本さんが、二人の関係を疑っていることは知っています。それで古岩の細君に赤尾杏子を知っているかとききましたが、心当たりがないという答えでした。古岩が年賀状などに使う名簿を見せてもらいましたが、やはりその名は見当たりませんでした」

そのほか、二人の遭難について不審な点はないかと道原はきいたが、広島は、

「二人は知り合いではなかったんじゃないでしょうか。雪崩が起きたとき、単独行同士が偶然近くにいて巻き込まれたということだと、私は判断していますが」

といった。

そのとおりなら事故である。富山県警が心中ではないかといったから、芝本は杏子にかぎってそんなはずはないとみて、独自に調べる気になったのではないか。

「赤尾杏子と古岩吾郎は、まるで抱き合うような恰好で死んでいました。それで遺体収容

に当たった警備隊の者は、心中ではないかとみたんです」

その話をきいた芝本は、じっとしていられなくなったのだろう。

九月二十一日。北アルプス・槍ケ岳付近に落雷があり、激しい雨が降り、その雨は次の日になってもやんでいない。雷雨に遭った登山者のうち男性一人が行方不明になっているという連絡が、豊科署に入った。

行方不明者は、東京に住む本条真介といって四十一歳。

彼は二十一日午前七時ごろ、大天井ヒュッテを出て、槍ケ岳山荘に向かっていた。激しい雷雨が襲ったのは午前十一時ごろからだった。本条が順調に進んでいれば水俣乗越にさしかかったあたりで、雷雨をかぶったことになる。

彼が槍ケ岳山荘に向かっていたことは、前夜宿泊の大天井ヒュッテの宿泊カードに、二十一日の泊まりは槍ケ岳山荘と記入していたから分かったのだ。

本条は単独行だった。彼より十分ほど遅れて大天井ヒュッテを発った男性二人のパーティーは、赤岩岳の手前で彼を追い越している。その二人は予定より二時間遅れて槍ケ岳山荘に着いた。遅れの原因は、途中雷雨に遭ったからで、岩陰で雨がやむのを待ったが、やむ気配がないので濡れながら進み、午後四時半に山荘へ倒れるように入ってきた。

二人は山小屋の人にきかれて、激しい雨の直前、稜線で何度も落雷を見たと話した。

したがって稜線沿いにある大天井ヒュッテやヒュッテ西岳、ヒュッテ大槍、槍ケ岳山荘の人たちは、被害に遭った人がいないかを心配していたのである。

大天井ヒュッテでは、前夜の宿泊カードを見て、計画どおり到着しているかどうかを、ヒュッテ大槍や槍ケ岳山荘に問い合わせたのだった。

その結果、本条真介だけが付近の山小屋に着いていないことが分かったのである。

大天井ヒュッテと槍ケ岳山荘の双方から、登山者が行方不明らしいという通報が、その日のうち豊科署に入った。

山岳救助隊は捜索態勢をととのえたが、翌二十二日になっても雨はやまず、槍、穂高周辺は霧にすっぽり包まれ、ヘリコプターでの捜索は不可能だった。

山岳救助隊の小室主任は、大天井ヒュッテに、

「本条真介という登山者は、ツェルトを持っていただろうか?」

と問い合わせた。

が、山小屋の従業員は本条の装備を記憶していなかった。

小室は、槍ケ岳山荘へ無事着いた二人に、本条の装備に記憶があるかときいたが、ザックは赤だったような気がするが、ほかのことは覚えていないと答えた。

今度は、本条の自宅に電話した。応じた妻に、夫の山装備を細かく覚えているかと尋ねた。

「装備とおっしゃると、着る物のことでしょうか?」

警察から電話を受けた妻は、オロオロときいた。

「着る物と持ち物です」

「ザックはわりに大きくて、赤色です。靴は茶色で、ストッキングは毛糸で、白と緑のまざった模様でした」

ツェルトの携行をきくと、

「それ、どんな物ですか?」

と、逆にきいた。登山装備の知識をそなえていないことが分かった。

「本条さんが、着く予定の山小屋に着いていないんです」

「えっ。どうなったんでしょうか?」

妻の声の調子が変わった。

小室は、捜索することになっているとだけいって、電話を切った。

本条が、雨を避けるツェルトを携行していないとなると危険だ。雨になると山の気温は急速に下がる。激しい雨に遭えば、たとえ雨衣を着ていてもしみ込んで、体温を下げる。

彼が雷雨に遭った地点から最も近い山小屋はヒュッテ西岳だ。そこへも着いていないのは、視界が悪くなって岩のあいだでじっとしているか、コースを間違えたことも考えられた。

二十三日も雨はやまなかった。山稜は雪に変わるのではないかと思わせるくらい寒くなった。

救助隊は、雨を衝いて槍ケ岳山荘に到着した。本条は依然、どこの山小屋にも着いていなかった。

夕方、雨は上がった。天気予報は、あすは好天になると伝えた。

その予報は当たり、二十四日払暁の空は満天の星だった。星の明るさが寒さを誘った。

東鎌尾根の岩は三日間の雨で濡れて光っていた。

痩(や)せ尾根を水俣乗越に向かって下っていた救助隊員の一人が、平たい岩に赤ペンキで描かれた矢印を見て首を傾げた。その矢印は真西の槍ケ岳方向を指していなくてはならないのに、槍ケ岳に向いて四十五度ぐらい左を向いていた。喜作新道(きさくしんどう)を渉(わた)って槍ケ岳へ行く登山者に、「左下を向いて進め」といっているのと同じだった。大天井方面からやってきた登山者は、苦しい登りで息を弾ませ、背中に汗をかく場所である。近くには危険個所もあって、クサリと鉄梯子(ばしご)が岩場につけられている。

首を傾げた救助隊員は、本来登らなくてはならない岩場を、赤い矢印にしたがって五〇メートル下った。するとまた赤ペンキで矢印が描かれた岩が現われ、なお左下に下れと指示していた。

登山コースから七、八〇メートル下った。と、そこの岩のあいだに赤いザックがはさまるように置いてあった。

隊員の一人がホイッスルを吹いた。これをきいた隊員が慎重に岩に手を掛けて下りてきた。

赤いザックを岩のあいだから取りのぞいた。その下に男が一人うずくまっていた。まるで岩と岩にはさまれて、身動きできなくなったような恰好をしていた。

男は死んでいた。顔面は紫色をし、着衣や毛の手袋はぐしょ濡れだった。

雨衣のポケットに入っていた名札には、「本条真介」と書かれ、住所と電話番号が記入してあった。

やってきた県警のヘリによって、男の遺体は横尾(よこお)へ下ろされた。そこで検視をするのだ。

上高地に待機していた本条の妻と弟と友人が、警察の車で横尾に着き、ヘリで運ばれてきた遺体と対面した。

「あなた」

　妻は遺体にしがみついた。

　彼女が摑んだ着衣から水がしみ出した。

　弟と友人は、遺体の横へ膝を突き、しばらく顔を上げなかった。

　救助隊員と山荘の主人は、遺体に向かって手を合わせた。

　救助隊を指揮した小室も合掌していたが、われに返ったように顔を上げると、山荘の電話に飛びついた。

　彼の連絡は、刑事課の道原につながれた。

　小室は、本条の遭難現場を見てもらいたいと道原にいった。

4

　刑事の道原、伏見、芝本が、東鎌尾根に立ったのは翌二十五日の朝である。彼らはヘリによって岩稜まで運ばれたのだった。

　小室らの救助隊員は、前日、槍ケ岳山荘へ登り直し、刑事の到着にそなえていた。

　小室は、瘦せ尾根の一点を指さした。岩に描かれた赤の矢印が斜め下を指している。

　伏見と芝本が、矢印にしたがって岩に手を掛けて下った。

道原は一段上の岩を踏んで、芝本の動きを見ていた。芝本の手足の動かし方は確かだった。いったんは山岳救助隊員を志望しただけのことはあった。

「なんだこれは」

伏見が、二番目の赤い矢印を見ていった。それはなお岩場を下れといっているのと同じだった。正規の山道からはすでに五〇メートルも逸れていた。

そこからさらに三〇メートルほど下ったところに、きのう救助隊員が岩につけた黄色の×印が現われた。

「本条はここへ、ザックをはさんで、屋根代わりにして岩のあいだに入っていました」

小室が道原に説明した。

道原は、本条が死んでいたところに下り、岩に膝を突いて手を合わせた。

「寒かっただろうな」

彼は、本条に語り掛けるようにいった。

芝本がそこをカメラに収めた。

全員は稜線に登り直した。

最初に四十五度斜め下を向いている矢印に戻り、そこも撮影した。

その地点の水俣乗越寄り約五〇メートルのところの大岩の平面に、「槍方面」と赤ペンキで矢印が描かれていた。そこから逆に槍方面へ約一〇〇メートル進んだところにも同じ矢印があった。つまり五〇メートル間隔に正規の縦走路を示す矢印が描かれているのだが、そのうちの一つが、「登山コースは左手」と教えているのだった。

本条は雨中、赤い矢印に忠実にしたがって槍ケ岳山荘をめざしていたのだが、急な岩稜を登るはずが左下に下ってしまった。七、八〇メートル下るうち、いや、もっと下って矢印が跡切れていることに気づいた。それで矢印の方向を錯覚したとでも思い、登り返すうち、怪我でもして動けなくなったということではないのか。

「本条が大天井ヒュッテを発った二十一日の午前中、この辺に落雷があったといったね？」

道原は小室に話し掛けた。

「強い雨の前に、落雷があったようです」

「落雷によって、岩が動くことは考えられないか？」

「きいたことはありませんが、矢印の岩に直接落ちれば、動いたり割れたりはしますね」

風や雨によって動いてしまうような小さな岩には、矢印はつけないものだ。

「この岩に落雷があったかどうかを、検べることはできるだろうか？」

「専門家に頼めば、それは可能なんじゃないでしょうか。でも、道原さん。矢印をつけた岩が、二つも落雷に遭う偶然があるでしょうか？」

「そうだね。それと、矢印が左手へ進めというふうにそろって動くことはありえないね。一つだけならともかく」

なにが考えられるか、と、道原は目顔で小室にきいた。

「何者かが、故意に動かしたか、ペンキで描いたんじゃないでしょうか？」

「いたずらか……」

道原は、槍の穂先をにらんだ。

伏見と芝本は、敵意に満ちた目で、四十五度左下を指している赤い矢印を見つめている。

「大天井ヒュッテを出て、途中で本条を追い越した二人連れがいたといったね？」

「はい。二人の住所も氏名もきいてあります」

「この岩を、二人の力で動かせると思うかい？」

「それは無理でしょうね」

道原と小室の会話をきいて、二人の救助隊員が岩に手を掛けた。岩は微動だにしなかった。

「何人ぐらいなら動かせる？」

「四、五人ならどうでしょう」

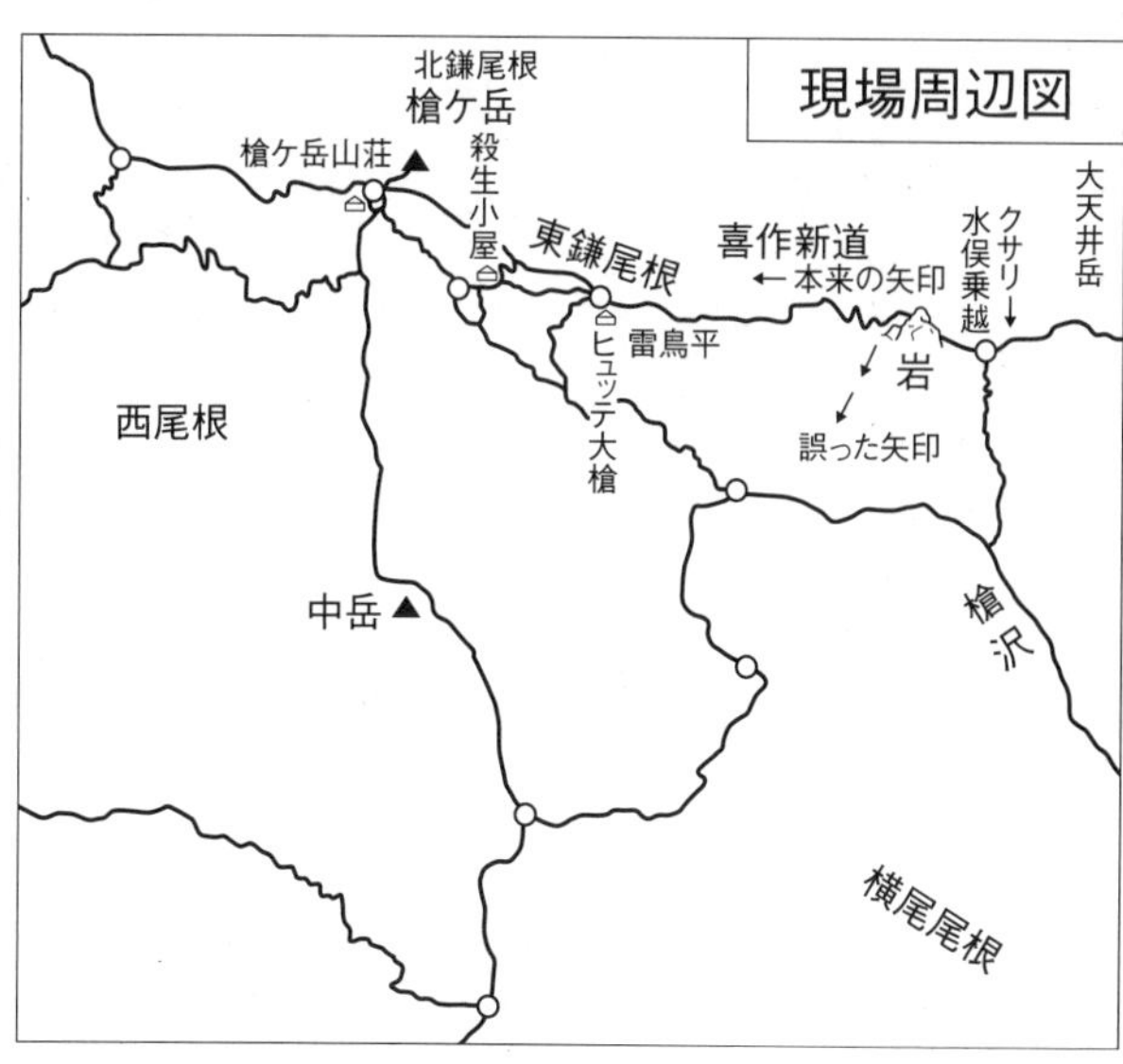

救助隊員と伏見ら五人が岩につかまった。彼らは掛け声を合わせて岩をひねるようにした。やはり岩はびくともしなかった。

「梃を使えば、二人ぐらいでも動かせたんじゃないでしょうか？」

小室は、岩の下に棒を差し込むしぐさをして見せた。

道原は岩の周囲を入念に見て回った。たとえばバールのような物を岩の下に突っ込んで動かした形跡がないかを検べた。が、それらしい跡は見当たらなかった。約五〇メートル下り、もう一つの矢印が描かれている岩の周囲を這って見たが、やはり岩の表面に新しい傷は見当たらなかった。

「何年か前に、大キレットでこういうことがありました」

小室は岩に腰を下ろすと、タバコに火をつけた。

芝本もタバコをくわえた。道原は芝本がタバコを吸うのを知らなかった。たしか刑事課の彼の机には灰皿がなかった。この前、小会議室で、恋人だった赤尾杏子の遭難死をきいたときも、彼はタバコを吸わなかった。

道原はタバコをやめてほぼ二か月になる。健康に異常があったわけではない。周囲にいた喫煙者が一人二人とやめていったから、時代の風潮に沿ったまでのことである。

「上部の岩が抜け落ちて、矢印が描いてあった岩を直撃したんです。その衝撃で、矢印の岩がまっ二つに割れて、矢印が下を向いてしまいました。登山者の通報で、近くの山小屋の人が矢印の向きを直しました」

「自然の力は恐いものだね」

現場検証を終えた署員は署に帰った。すぐに営林署と山小屋に、東鎌尾根の一部の矢印に誤りのあることを注意した。そのまま放置したら、第二、第三の遭難が起きる危険があった。

四賀（しが）刑事課長の机の上に、ビニール袋に入れられた黒いポケットノートが置かれていた。

「遭難した本条真介が持っていた物だよ」

課長がいった。

道原は袋からノートを出した。表紙は水を吸っていて冷たかった。

九月二十一日のページに紐がはさまれていた。「AM7・大天井ヒュッテ出発」と、ボールペンで書かれていたが、その下に、同じ人間の手で書かれたことを疑うような読みづらい乱れた文字が横に並んでいた。

「『標識にしたがって進んだが、みちがなかった』と読めますね」

道原はようやく判読した。

「私もそう読んだ。本条は、雨に濡れ、岩陰に隠れて、最後の力を振りしぼって書いたんじゃないかな」

課長が眉を寄せた。

そのページの前には、前日、燕山荘に着いた時刻と、二十日朝、同山荘を出発した時刻が記入してあるだけだった。

道原は自分の席に戻った。横浜市の田口という男の電話番号を押した。田口は、二十一日朝、本条を赤岩岳の手前で追い越した二人連れの一人である。

「お待たせしました。田口です」

彼は、母親らしい女性に呼ばれ、受話器を取った。

「あなたは二十一日の朝、酒井さんと二人で大天井ヒュッテを出発しましたね?」

「七時十分ごろに出発しました」

「途中で、男の登山者を一人追い越したのを覚えていますか?」

「覚えています。その人は休んでいました。ぼくらも同じ場所で一本立てましたが、荷物の具合を直していた男の人より先にそこを出発しました」

「水俣乗越を越えて、急な登りにかかったところで、なにかに気がつきませんでしたか?」

「なにかとおっしゃいますと、雷雲のことでしょうか?」

「登山道の標識です」

「標識?」

「赤い矢印が岩につけてありますね」

「はい」

「その一つを見て、ヘンだなと思いませんでしたか?」

「さあ、気がつきませんでしたが、なにか?」

「あなたたちが追い抜いた単独行の人だと思いますが、径を迷って遭難しました」

「やっぱり、山小屋に着かなかったのは、その人だったんですか」

田口は、左下へ進むようにつけられた矢印を見なかったのか。

次に道原は、田口の同行者である藤沢市の酒井に電話を掛けた。

酒井は、水俣乗越を越えて三十分ばかり登ったところで、左手下を指している矢印を見たのを覚えていた。

「その矢印を確かに見ましたが、前に縦走した経験から、矢印にしたがうよりも直登したほうが早いと思って進みました」

つまり酒井は、矢印のほうからも槍ケ岳へ行けるのだろうが、それを無視して以前の山行で記憶のある岩やクサリを伝って進んだというのだ。

東鎌尾根の登山コースを何度も経験している彼らは、岩の矢印を無視し、自分たちの勘で進んだため、雷雨には遭ったが、無事計画どおり、山小屋に着けたということである。

しかし道原は、田口と酒井の答えを半分信用しなかった。二人は本条より先を歩いていたのだ。もしも彼らに本条を径に迷わす意図があって先を歩き、なにかの道具を使って矢印が描かれていた岩の向きを変えたことも考えられたからである。

本条真介の遺体の解剖結果が発表された。それによると、死亡は九月二十二日ごろで、死因は疲労と極度の衰弱。外傷は、右足首骨折と、手足、背中など十数個所に擦過傷。

彼は雨中を、誤った矢印によって岩場を下るうち、足の骨を折って動けなくなった。岩と岩のあいだに入り、ザックを屋根にしてじっとしていたが、寒さと疲労のために、眠るようにして死んでいったものと思われる。

意識のあるうち、凍える手でノートに、「標識にしたがって進んだが……」とボールペンで書き、間もなく目を瞑（つむ）ったのだろう。

5

豊科署刑事課では、山岳救助隊員をまじえて、本条真介が遭難にいたる経緯を協議した。

本条は手記に、「標識にしたがって進んだ」と書いているし、現に登山コースを教える矢印が誤った方向を向いていた。矢印を描いた岩に、落雷があったとしても、それが矢印の岩を二つも直撃したとは考えにくい。風雨などで動くことはありえない。矢印は、登山者の目につきやすいところに、大きく、しかも風雨などでは動かないような岩を選んで描く。これは人為的行為によるものとみて、悪質きわまりないいたずらか、本条のみを狙（ねら）って矢印の岩を動かした可能性もあるとして、捜査を始めることを決めた。

何年か前、心ない登山者がいたずらで、道標を反対方向に向けた例があった。事故にはいたらなかったが、新聞はこれを取り上げて、いたずらした者を糾弾(きゅうだん)した。

今回のように、四人や五人では動かすことのできない岩の向きを変えたいたずらは例がない。岩をどうやって動かしたかが謎である。

本条を径に迷わすのが狙いだったとしたら、彼が槍ケ岳へ向かう直前の行為ということになる。

刑事課は、岩がいつ動かされたのかを調べることにした。

本条が径に迷わされた現場に最も近い山小屋はヒュッテ西岳だ。そこに九月二十日宿泊した全登山者のリストを取り寄せた。

不届者は、大天井ヒュッテに泊まったことも考えられるし、逆に槍ケ岳に近い山小屋に宿泊し、大天井方面からやってくる本条を狙ったのかもしれない。

矢印の描かれた岩を動かすのが、いたずらだったとしたら、これは無差別殺人にひとしい。が、道原には、特定な登山者を狙った行為に思われた。

「梃(てこ)のような道具を使った場合、一人で岩の向きを変えられただろうか？」

道原は小室にきいた。

「浮いている岩なら可能ですが、どっしりと据わっている岩は、一人では無理ですね」

「二人以上ならやれたかな？」

「バールよりも長い鉄棒を岩の下に差し込んでやれば、二、三人でなら動かせたでしょうね。なぜかというと、平地の地面にもぐるように据わっている岩は、なかなか動かせませんが、現場はゴロゴロした岩のある斜面です。平地よりもズラすのは楽だったでしょうね」

矢印の向きを変えていた二つの岩は、いずれも直径一メートルあまり、高さも同じぐらいだった。ペンキで矢印を描く人は、もっと大きな岩にしたかったろうが、表面が平らだったのと動きにくいとみて、例の二つを選んだに違いない。

「実験しましょうか」

小室はいった。

「また現場へ登ってか?」

「庭石を扱っている業者を知っています」

「そうか」

松本市境に庭石を扱っている業者があった。そこは国道沿いで、道原は車の中から黒い石が並べられている広場を何度も目にしていた。

道原は、電話を終えた芝本を呼んだ。彼に車を運転させて、小室とともに庭石を並べている造園業者のところへ行くことにした。

車には小室が助手席に乗った。道原はリアシートから芝本の頭を見ていた。芝本の肩幅は、小室に負けないぐらい広かった。

広場には、溶岩のような黒い石や、白と青の縞の入った石や、奇怪なかたちの岩も置いてあった。

その中から、上部の平たい直径一メートルぐらいの石を見つけた。川底から引き上げた石らしかった。

従業員を呼ぶと、二人が鉄棒と木の梃を持ってやってきた。

道原は、鉄棒を借りて石の下に差し込んでこじてみた。鉄棒の先は地面にめり込み、石はびくともしなかった。従業員が鉄棒の下に短く切った丸太をかった。やはり動かない。芝本と二人がかりでやってみたが、石は浮きあがりもしなければ、ズレもしなかった。

その作業を笑って見ていた二人の従業員は、丸太の位置を変え、鉄棒の端のほうに手を掛け、小刻みに鉄棒を煽るように上下させた。石は地面を滑べるように向きを変えた。どんな仕事にも要領が要るものである。

鉄棒を抜くと、石の下辺に生えていた苔が剝落し、石の表面に傷ができた。

「あの岩には、こういう傷はなかったね」

道原は東鎌尾根の現場を思い出して、小室にいった。

「ぼくらは、商品の石に傷をつけたくない場合は、こういう物を鉄棒の当たるところに当てます」

従業員の一人は三センチぐらいの厚みの板を鉄棒の上辺に当てた。それを当てて、さっきと同じ要領で鉄棒を煽るように動かした。板はメリメリと音をたてて潰れたが、石の表面に傷はつかなかった。つまり商品を保護したのだった。

道原は二人の従業員に、山上の岩場の石を小人数で動かすことが可能だろうかときいた。

その答えは小室がいったことと同じで、平地の地面にじかに据わっている石や岩よりも、梃になる岩片がいくつもあるし、かなり巨きな岩でも平地のものより不安定であるから動かしやすい。ただし作業する者の足場のほうも不安定であり、一つの岩を動かしたことにより落石を誘発する危険もあるといった。納得のいく話だった。

だが、たったいま、従業員が使ったような長い鉄棒をはたして山の上までかつぎ上げただろうか。そういう物を持っていたとしたら、その登山者は目立ったはずだ。犯罪者が人目を惹くような物を持って登ったとは考えられない。五、六人が手を掛けても動かない岩をはたしてどうやって向きを変えることができたのか。

署では、伏見や牛山が、九月二十日、大天井、槍ケ岳間にある山小屋に泊まった登山者の分析をしていた。

道原は、造園業者での実験結果を話した。

「不届者は、単独でなく複数とみていいですね」

伏見がいった。

「それと、素手で岩は動かせない」

「ピッケルではどうでしょうか？」

牛山がいった。

「ピッケルや普通サイズのバールじゃ無理だ。少なくとも倍以上の長さの物が必要だったろうな」

「たとえば、造園業の経験者でしょうか？」

伏見が、立っている道原の顔を見上げた。

「造園業にはかぎらない。機械の据えつけとか、あるいは建築現場の作業員なら、重量のある物を梃(てこ)を使って動かす知識を持っていると思うな」

「土木、造船、鉄鋼……」

伏見はつぶやいた。

九月二十日の宿泊者のうち、複数で、怪しいとみられた者がいたら、その背景をさぐることになった。

四賀課長は道原に、本条の前を槍ケ岳へ向かっていた、田口、酒井の二人連れを洗ってみる必要があるのではないかといった。

二人とも神奈川県内に住んでいる。二日間もあれば二人の背景を洗うことができそうだ。

四賀課長は、いつもの捜査と同様、伏見と一緒に行くようにといったが、道原は低声で、芝本を同行させたいといった。

四賀課長も、芝本の恋人が立山で変死したことと、彼が独自に変死の原因をさぐっていることも知っている。要するに芝本は、最近転勤してきた刑事であり、刑事課長と道原から注目されている人間なのだ。

「伝さんがそういうんなら……」

課長の声も小さかった。

道原は伏見を廊下へ呼び出した。

「あした神奈川県へ出張するが、芝本君を連れて行くことになった。君の能力がどうのということじゃない。ほんとうは、馴(な)れている君に一緒に行ってもらいたいんだが、芝本君にも出張に馴れてもらわなくちゃならない」

伏見は目尻に、わずかだが動揺を表わしたが、

「分かりました」

と、うなずいた。

伏見は、芝本の恋人の件は知らないらしい。道原が話していないし、芝本本人も同僚に語っていないようである。

道原と芝本はまず、東京・杉並区の本条真介の自宅を訪ねた。かなり古くなった一戸建てだったが、玄関の戸に貼り紙がしてあった。葬儀のため、家族は近くの寺へ行っていると書いてあった。

葬儀会場の寺へ行く前に、道原と芝本は近所で本条の日常を聞き込みした。

その結果、こういうことが分かった。

家族は、妻と中学生の男の子に、六十四歳の母親が同居している。

本条は会社勤めしていたが、一昨年春ごろ病気になって入院、約二か月自宅で休んでいた。病気も癒えて復職し、以前から好きだった登山も再開した。

温厚そうで腰が低く、近所の人たちにも好かれていた。家族の評判も悪くない。

彼の勤務先を近所の人たちは知らなかったが、豊科署は遺体を確認にきた妻からきいていた。それは新宿区にある小規模な印刷会社だった。本条はそこで営業を担当していた。

寺へ行くと、葬儀がすんだところだった。寺の二階に清めの席が設けられていて、二十人ぐらいが細長いテーブルの周りにいた。

会葬者に頭を下げていた本条の妻を、道原は呼んだ。

田口と酒井という名の人を知っているかときいたが、やつれた顔の妻は首を横に振った。

清めの席には、かつて本条と山へ登ったことのある人が四人いて、みな赤い顔だった。

その中には、家族と一緒に遺体確認に横尾まで行った人もいた。

「本条さんは、槍ケ岳をやったことがありましたか？」

道原は、本条と何度も山行をともにしたことがあるといった石浜（いしはま）という顔の長い男にきいた。

「一度だけあります。ぼくと一緒でした」

他の三人が石浜の話にうなずいた。

「どのコースで登りましたか？」

「横尾から槍沢に沿ってでした」

「今回の喜作新道、東鎌尾根は初めてでしょうか？」

「初めてだといっていました」

「山行の前に、本条さんはみなさんにそれを話していたんですね？」

「ききました。同行できる人がいたら、一緒に登ったでしょうね」

　道原は、本条が最後の力を振り絞ってノートに書いたと思われる短い手記の内容を話した。

「きのうの夕刊に、そのことが載っていました。ひどい話です。いったい誰がそんないたずらをしたんでしょう?」

「本条さん以外には、矢印にしたがって、登るべきところを下ってしまった登山者はいないようです」

「本条さんは、下っているうちに、これはおかしいと気がつかなかったのかな?」

　石浜がいった。

「気づいたと思いますよ。急斜面で危険な個所があるのに、そこにはクサリも梯子もつけられていなかったんですから」

「強い雨が降っていたということですが、怪我さえしなかったら、正規のコースまで登り返したでしょうね」

「本条さんは、まったく不運というか……」

　道原はいったん言葉を切ったが、四人の顔を見てから、何者かが本条を径に迷わすために、矢印の岩を動かしたことも考えられるといってみた。

「えっ」

四人は顔を見合わせた。あっけに取られたという表情である。

「あなた方四人のほかにも、本条さんは今回の山行計画を話していたでしょうね？」

「分かりませんが、いたかもしれません」

石浜が首を傾げた。

道原の横にいる芝本は、さっきから四人の顔に注目していた。

道原は思いついて、あらためて本条の妻を呼んだ。

本条は一昨年春、病気をして長く会社を休んでいたということだが、どこが悪かったのかときいた。

「肝臓です。初め、からだがだるい、だるいといっていましたし、顔色もよくなかったんです。仕事上お酒を飲む機会も多くて、それが影響したようです。休んでいる間に、それまで日に三十本ぐらい吸っていたタバコをやめました」

喪服の彼女は、袂から白いハンカチを出して鼻に当てた。

6

寺を出ると道原は、本条の妻や四人の友人の話や表情で、気になるところはなかったかと、芝本にきいた。

「べつにありませんでしたが、ぼくが気づかなかったんでしょうか？」

「私も同じだったが、君はなにか感じなかったかと思ってな」

芝本は二、三分黙って歩いていたが、

「初めてのコースを登るのに、単独だったという話は、意外でした」

「本条が登ったのは表銀座だ。山をやる以上、一度は行ってみたくなるコースだよ」

「それは分かりますが、単独というのは、無謀な気がします」

「表銀座でなくても、単独行は危険だ。本条にもし、あのコースを経験している同行者がいたら、彼はあんなことにならなかっただろうな」

「左下を指している最初の矢印を見た瞬間、おかしいって感じ、同行者同士で話し合ったでしょうね」

「一人が負傷しても、一人が救助要請に、最寄りの山小屋へ走ることもできたしな」

道原はいって、芝本の横顔に目を当てた。

芝本は黒いバッグを提げてうつ向いていた。杏子を単独で立山へ行かせたことを、後悔しているのではないか。

二人は東京で乗り替え、横浜方面への電車に乗った。

「道原さん」

吊り革につかまって芝本が呼んだ。

道原は顔を向けた。

「いままで出張は、いつも伏見さんと一緒だったそうですね？」

「おれ一人だったこともある」

「それは特別な場合でしょ。どうして今回は、ぼくを？」

「伏見君は、牛山君と山小屋の宿泊者を当たっている。それと、君にも地方出張を経験させたいと、課長がいったんだ。なぜ、そんなことをきくんだ？」

「いつも一緒に行っていた伏見さんに、悪いような気がしたものですから」

「仕事はどこでやっても同じじゃないか。出張捜査を誰がするかは、課長が決めることだよ」

椅子が二人分空いた。道原は腰掛けたが、芝本は立ったままだった。

田口に勤務先で会った。彼は刑事が訪ねてきたので目を丸くした。

彼は先夜の電話で、左下を指している赤い矢印には気づかなかったと答えた男である。

「酒井と会って、東鎌尾根の矢印のことを話し合いました。おかしいと思えば、それを山小屋の人に話しました」

彼の話は信用できそうだったが、裏面を持った人間かどうかを、道原たちは調べた。

次の日は酒井にも会い、芝本とじっくり観察したあと、背後関係を嗅いだ。

田口も酒井も山好きで、休日には二人で日帰り登山をしている仲だった。二人を取り巻く人の話では、常軌を逸した行動を取るような人間ではなく、日ごろの素行にも問題はなさそうだった。本条との接点についても調べたが、まったく無関係のようである。

本条が勤めていた印刷会社の同僚に会って話をきくうち、一人が気になることをいった。

本条は一昨年の二月と三月の約二か月間、病気を治すために休職した。復職した彼は、病気の前よりも収入が少なかったはずなのに、洋服を新調したり、以前よりも高価な時計をはめていたということだった。

道原はその話の裏づけを取るため、本条の妻に会った。

「たしかに、スーツと腕時計を買いました」

妻は、悪いことをしたとでもいうように、目を伏せて答えた。

「それは、かなり高価な物でしたか?」

「それまで主人が着ていたスーツよりは高い物でした」

「時計のほうは?」

「十四、五万円だったと思います」

道原がはめている時計の三倍の値だ。

「本条さんは、着る物や持ち物に、お金を掛けるほうでしたか?」

「普通だったと思います。小さな会社のサラリーマンですから、贅沢はできません」

「奥さんに断わらずに、スーツと時計を買ってきたんですか?」

「両方ともそうでした。時計は買ったのをはめてきましたが、洋服のほうは寸法を直してもらっているといって、一週間ぐらいあとで届きました」

「本条さんは、そのお金をどうしたんですか?」

「休んでいるあいだに、アルバイトをしたが、その報酬が思ったより多かったということでした」

「どんなアルバイトでしたか?」

「会社には悪いが、知り合いの印刷会社に、まとまった印刷物を出すところを紹介してあげたといっていました」

「それはどこか、知っていますか?」

「知りません」

「アルバイトの報酬は、スーツと時計で消えたんですね?」

「そういっていました」

「時計が十四万円。洋服はいくらぐらいの物でしたか？」

「同じぐらいの物だったと思います」

「その二点は、いまもお宅にありますか？」

「はい」

妻はいって、線香の匂う奥の部屋からスーツと時計を持ってきた。

本条は山行には古いほうの時計をはめて行ったのだった。

スーツは薄茶色の地に緑色の格子縞が入っていた。道原と芝本が着ているスーツより数段上質で、肌触わりが違っている。

腕時計は金メッキのスイス製だった。

「毎日の生活はそう楽ではないし、休んでいるあいだのことでしたから、わたしは、アルバイトの収入があったら、なぜそれを持ってきてくれなかったのかと、小言をいいました」

もっとものことだと、道原はうなずいた。

芝本は、道原と本条の妻の会話を黙ってきき、気づいたことをメモに取っていた。

道原も念のために、自分のノートに本条に臨時収入のあったことをメモした。妻の記憶ではそれは一昨年の三月下旬のことだった。

一泊の出張を終えて帰署すると、伏見と牛山は手分けして、九月二十日に槍ケ岳付近の山小屋に泊まった人たちに当たっているということで、署にいなかった。

「伝さんたちの捜査では、田口と酒井は、本条とは無関係だし、山で矢印の岩を動かすよういたずらはしていないということだね」

道原は、本条の臨時収入の件を報告した。

四賀課長は頭の後で手を組んで、天井を向いた。

「印刷会社に得意先を紹介したというのがほんとうなら、本条は自分が勤めている会社を裏切ったことになる。それがバレたらクビになっただろうね」

本条が近所の人に見せていた顔とは、べつの面を持っていたことになる。

本条の懐に入った臨時収入は三十万円程度だろう。彼が妻に語ったアルバイトがほんとうだとしたら、印刷会社の取引額は、二十倍とみて数百万円だったのではないか。

課長の席を離れると芝本が、

「本条が奥さんに話したアルバイトは、作り話だったと思います」

と、初めて意見を口にした。

「なぜ、そう思う？」

道原は芝本に椅子（いす）を回した。

「本条は会社を病欠している間、アルバイトをしたといっています」

「そうだ」

「印刷物を出すところを印刷会社に紹介したということは、印刷物を実際に請け負ったと解釈していいんじゃないでしょうか」

「そうだろうな」

「どんな印刷物か分かりませんが、紹介者に三十万円もの礼ができる量はかなりなものです。受注して、それを納品し、代金が支払われるまでには何か月かを経なくてはなりません。奥さんの話だと、得意先を紹介しただけで報酬を得たようです。印刷会社は、代金を受け取って、初めて取引きが成立したのではないでしょうか」

「そうか。君にいわれないと気がつかなかった。印刷物は既製品を売るのと違うものな」

本条がもし、印刷会社に得意先を紹介したのだとしたら、それは彼が病気休職する前ということになる。休職期間中にやったアルバイトではない。

芝本の見解をきいて道原は、本条の臨時収入の出所に疑いを持つ必要があると思った。

赤い矢印を描いた岩を、正しい方向に直しに登った営林署員と、小室らの救助隊員が署へ戻ってきた。

何者かによって動かされた岩は、不安定な坐り方をしていたので、元通りにしたのだという。

彼らがどんな道具を使って、岩を元通りに直したのかを道原はきいた。

「ジャッキと金梃(かなてこ)です」

小室が答えた。

岩と地面のすき間にジャッキを入れて岩を浮かせ、造園業者が使ったのと同じような長尺の金梃によって、岩をよじるようにして、正しい方向に直したという。

「岩を動かすのに、どのぐらいの時間がかかった?」

「十五分ぐらいでした」

「わりに簡単に動かせたんだね。何者かが岩を動かした痕跡(こんせき)があったかね?」

「ジャッキで浮かして、岩の下側を念入りに見ましたが、金梃を入れてこじたような跡は認められません。ただ、岩の下になっていた岩片の苔(こけ)が削り取られたようになっていましたから、最近、岩を動かしたことは確かです」

「ジャッキや金梃を使った痕跡がないというと、どうやって岩の向きを変えたんだろう?」

「岩の下側や地面を見て、みんなで話し合ったんですが、どういう方法を用いたのか分かりません」

「岩をある程度浮かさないかぎり、動かすことは不可能だ。人間がただ押しただけじゃびくともしないだろ」

「道具を使わないかぎり、十人がかりでも無理です」

営林署員の一人がいった。

十何人もでやるという大がかりな工作はしなかったのではないか。どんと据わっている岩を、十何人かの手で押して岩をねじ曲げたのだとしたら、岩と地面のあいだにはさまっている岩片に傷がついたり割れたりしているはずだ。そういう痕跡のないところから、岩を浮き上がらせたことは間違いない、というのが営林署員の見解である。

小室はビニール袋から妙な物を取り出して、テーブルの上に置いた。最初の岩の下にあった物で、ジャッキで浮かせたところ、岩の下辺に貼りついていたという。

それは四点あった。一つは、白いナイロンのネットで、大きさは約一〇平方センチ。引きちぎったようになっていて、五、六センチの白い糸が何本もついていた。直径七ミリ程度のメッシュの切れ端である。

次の一点は、長さ約二〇センチ、直径約五ミリのナイロン製の白いロープで、これも片方の先端がちぎれ、一方の先端は結ばれていた。なにかに結んでいたが、強い力が加わって切れたようである。

もう一点は、厚さ三ミリの赤茶色をしたゴムの切れ端だった。三角形で、長辺は二・五センチ、短辺は一・五センチ、もう一辺は円(まる)くなっている。

最後の一点は、白い厚手のビニールシートだった。これは約一五平方センチで、あちこちが破れていた。

「山具で思い当たる物はないか?」

道原は小室にきいた。

「メッシュは、ベストやパーカーの内側に使われています。汗をかいた肌や肌着に密着しないためのウェアによく付いています」

「登山者の着衣の切れ端かな?」

「風に飛ばされた物がちぎれて、雨水に流されて岩の下に入り込んだんでしょうか。それなら月日がたっていそうなものですが、これはわりに新しいですね」

「ロープも新しそうだね」

「新品同様です」

ロープは、ザックに物を結えつけたり吊(つ)ったりするために便利だから持っている人が多い。細いロープでズボンの裾を結える人もいる。

「このゴムの切れ端はなんだと思う？」

伏見や芝本も、赤茶色のゴム片を手に取ったが、見当がつかないといって首を傾げた。もともと円い物だったようで、これも強い力が加わってちぎれたようだ。

全員が、山具の切れ端ではないかと考えたが、思い当たらなかった。

ビニールシートは、テントの中に敷く人がいる、大きさによってはかなりな重量になる。四点とも新品同様だ。このことから、登山者が落としたか捨てたかした物が、雨水で流れて岩の下に入り込んだことは考えにくいという結論に達した。

岩を動かした不届者の残留物の可能性が濃いということで、証拠品として保管することにした。

7

けさの新聞にも「百名山」を踏破しようと登っている堺川理三の記事が載っていた。

彼は、常念岳に登ったあと、いったん上高地に下りて休養をとると、きのうは徳本峠から霞沢岳に挑戦した。何年か前までこの山は熟達者にしか登られなかった。登山道がなく、上高地から沢をツメるしかなかったのである。

道原は霞沢岳には登っていない。いままで、岳沢方面や、梓川右岸から何度仰いだかしれない険しい岩峰だ。初冬、六百山や三本槍や霞沢岳に雪が貼りつくと、この尖った峰がしらは鋭さを増す。

上高地から槍や穂高へ急ぐ登山者には、見捨てられた存在の山であるが、道原は好きな山はどれかときかれたとき、霞沢岳を挙げている。

前にも述べたように、深田久弥氏は、「日本百名山」にこの山を入れていなかったが、堺川は自分が登るべき「百名山」に選んだのだろう。彼も梓川対岸から、霞沢岳を何度も仰ぎ、ぜひとも登頂したいと考えていたのではないか。

道原は堺川がうらやましかった。自ら選んだ好きな山の三角点を踏み、次の目標にそなえて休養をとり、体調がととのったら山靴を履き、ザックを背負う。

記事によると、霞沢岳は九十七番目の山で、残る三座は、焼岳、槍ケ岳、奥穂高岳。これを今年中に登りきって達成することにしているという。

新聞にはこんな記事も載っていた。

〔きのうの上高地は晴天に恵まれ、濃い青空と穂高連峰の紅葉が見事なコントラストを見せた。

上高地の名所河童橋は、今のものが「四代目」。完成から二十年以上がたって老朽化したため、十一月初めからかけ替え工事が始まる。河川法の規定を満たす必要から、新しい橋は五メートルほど長くなる。ただし、現在の外観を損なわないよう、橋の幅や使用するカラマツ材は変えない予定だ。来夏の登山シーズン前には、「五代目」がお目見えする」

V字型の岳沢を中央にし、稜線が雪で白くなった穂高連峰の写真もついていた。河童橋には観光客がぎっしり立っている。

九月二十日に、大天井か槍ケ岳周辺の山小屋に泊まり、二十一日に東鎌尾根を渉った登山者を調べている伏見と牛山の報告によると、本条真介の遭難の原因になった、赤い矢印にしたがって、登るべきところを下ってしまったという登山者はいまのところ見つからなかった。

槍ケ岳から大天井方面へ向かった者には、誤った矢印は影響がないはずだった。

まだ全員に当たってはいないが、誤った矢印を見たと答えた登山者は、道原らが当たった酒井しかいなかった。

このことから、岩の向きを変えた不届者は、二十日の夜間か、二十一日の早朝に工作をした疑いがあった。

二十日夜は好天で、満天の星に月も浮いていた。夜間に難所の岩稜を歩いている人はまずいない。二、三人でやる気になれば、月明りを利用して梃を用いて岩を動かすことはできたと思われる。

問題は、不届者が誰を狙ったかだ。

道原と芝本が調べたところでは、神奈川県の田口と酒井には人に恨みをかったり、生命を狙われるような面はみられなかった。

二人は登山経験を積んでおり、過去に東鎌尾根を経験している。こういうパーティーを径に迷わすことは、確率からいったらきわめて低いのではないか。

道原には、犯人の狙いは本条だったように思われてならない。たまたま本条より先に東鎌尾根に入った田口と酒井が、（実際には酒井しか矢印を見ていなかったが）誤った矢印に出遭ったのではないか。

犯人は、本条の山行計画を熟知していて、彼が大天井ヒュッテを二十一日の朝発って、槍ケ岳に向かうことを掴んでいたように思われる。

本条は一見、目立たないサラリーマンのようだったが、じつは家族も知らない裏面を持っていたのではないか。

道原は、あらためて本条真介を洗ってみる必要があると、四賀課長に話してみた。

「伝さんは、本条のアルバイト収入を疑っているんだね？」

「彼は、それまで着たことのないような高価なスーツと、贅沢な腕時計を買いました。妻に一言も断わらずにです。それまでの彼と家族の生活は、そう楽ではなかったようですし、病気休職もしていました。病気したり長期休暇を取ったりすれば、大黒柱である彼に対して、家族は不安を募らせるものです。そういうとき、たとえ臨時収入があったとしても、それを妻にいって、生活の足しや、蓄えに回すのが普通です」

「本条には、前から浪費癖でもあったのかな？」

「妻や同僚の話では、そういう男ではなかったということです」

「思いがけず、収入があったので、贅沢をしたくなったということが考えられるよ」

「それなら、洋服だけか、時計だけにしたと思います。彼にしては不相応な品物を二点も買ったということは、臨時収入はもっと多額だったんじゃないかと、私は推測しました」

「なるほど。洋服や時計の代金は、彼が手にした収入の一部だったというんだね？」

「たとえば、三十万円の臨時収入があったとして、それを一時に全額使うことはないような気がするんです」

「洋服と時計を買った残りは、どうしたと思う？」

「こっそりと預金していることも考えられます」

「妻には内緒に？」

「私の勘では、妻は夫の臨時収入の額も、出所も知らないようです」

「彼の臨時収入と、誤った矢印による遭難とは、関係があると、伝さんはみたんだね？」

「関係があるとはいいきれませんが、本条には妻も知らない裏面があったことは間違いないでしょうね。もし、矢印の岩を動かした不届者が、彼を遭難させる目的でやったのだとしたら、休職中の臨時収入は無視するわけにはいきません」

「うむ。……伝さんの勘では、本条はどのぐらいの臨時収入を得たと思う？」

「百万円以上はあったでしょうね」

「彼が妻に話した印刷のアルバイトでは、百万円以上の報酬は得られないだろうか？」

「印刷会社の営業マンが、同じ業種のアルバイトをしたという点も、私にはひっかかります」

「なぜ？」

「彼のアルバイトは、やがて勤務先に知れてしまうんじゃないでしょうか」

「すると、彼がやったことは、印刷業とは無関係？」

「たぶんそうだと思います」

「百万円以上の収入を、病気休職中に得られた。……ひょっとしたら彼は、危い橋を渡ったのかな？」

「短期間に、妻にも気づかれずに高収入を得たとしたら、もしかしたら正直に話せないことをやったのかもしれません」

「本条が隠している可能性のある預貯金を調べるとしたら、金融機関の協力を得なくてはならないね」

道原は、調べる方法を考えるといって自分の席に戻った。

彼は、本条の妻に電話し、本条の遺品を整理していて気づいたことがあったら、かならず連絡してもらいたいといった。

「刑事さんがお帰りになってから、主人のことで一つ思い出したことがあります」

「なんでしょうか？」

「主人は、一昨年の二月と三月休職して、六月ごろからまた登山を始めました。お医者さんにも勧められていたからです」

道原はメモを取った。

「再開するとき、新しい靴を買いました」

「山靴ですね？」

「外国製で、前に履いていたのよりずっと軽い靴でした」

「ご主人に、その靴の値段をおききになりましたか？」

「ききませんが、山を知らないわたしが見ても、それは高価な物という気がしました」

電話を切ると道原は、山岳救助隊の小室の席を訪ねた。

「本条の装備品の記録はあるかね？」

「ありますが、なにか？」

「本条はどんな靴を履いていた？」

「日本製ですが、いい靴でしたよ。たぶん手縫いのオーダーメイドだと思います」

「いくらぐらいの物だった？」

「七、八万円はしたでしょうね」

「おれの山靴の倍以上だ」

本条が履いていた山靴のメーカーは控えてあるといって、小室は事故処理簿を開いた。

それは東京のTという登山靴専門店だった。有名な登山家や、贅沢な山靴を好む人、山靴に悩みを持った人たちが注文することで、岳人にはわりに知られていると、小室はいう。

道原は、Tに電話した。山靴の担当者に一昨年の四月から五月ごろ、本条真介という男から山靴の注文を受けて作ったはずだがときいた。

担当者は記録を見ているようだったが、

「たしかに、本条さんから注文を受けて、希望どおりの登山靴を作りました」

と答えた。

道原は、その靴の価格をきいた。

「九万五千円でした」

道原は礼をいった。

彼はそんなに高価な山靴を見たことがない。外国製の有名な靴でも三、四万円である。

Tの担当者の話では、本条はブーツを履くとクルブシが当たって痛む。それで当たる部分のパッドを普通よりも厚くした特別注文品だったという。

発注したのは一昨年四月で、出来上がったのは六月初めだった。

本条はその山靴の履き心地を試したくて、病後初めての登山に出掛けたのではないか。

クルブシが少し当たるくらいは、足に包帯を巻くかすることで保護できるが、本条はそれでは飽き足りなくて、オリジナルシューズを注文した。登山中の足の痛みは耐えられないが、彼は注文した高価な山靴を履きたかったのではないか。

彼にはそれができたということだ。妻の話だと、新しい山靴を買うために、小遣いをさいたり、妻からその代金をもらったのではないらしい。このことからも、彼は、洋服や時計代金以上の収入があったとみるべきだ。

課長が道原を呼んだ。

「本条の妻は、夫の遺品を整理するだろうが、その中から彼の給料以外の収入に関する物が見つかっても、それをこっちに連絡してくれるかどうかは怪しいよ」

「そうですね。本条は現金をどこかに隠していることも考えられますね」

「もしも、現金が出てきたら、明るみにできないと考え、今度は妻が隠すんじゃないかな」

「どうしましょうか?」

「伝さんが行ってみてはどうだ。本条は何者かに生命を狙われていたふしがあるといって、妻の前で遺品を見せてもらうんだ。妻が善良な人なら、協力の申し出に応じると思うが」

本条の妻は、地味で平凡な感じの人だ。夫が無断で、高価なスーツや時計を買ってきたことを話したし、きょうは山靴を新調したことを打ち明けている。

道原はあす、芝本を伴ってふたたび上京することにした。

山小屋の宿泊者を調べている伏見と牛山が帰ってきた。

あすの出張を、道原は二人に伝えた。

「地味な生活を強いられているサラリーマンが、高価な物を次々に買った。見逃せないことですね」

伏見はいい、芝本の横顔にちらりと視線を当てた。

8

九月三十日——雨だった。

列車の座席に並んで、芝本がいった。

「高い山は雪でしょうね」

朝刊を読んでいた道原は、右の車窓に頭を上げた。新宿行きの特急は甲府に近づいていた。晴れていれば、南アルプスの甲斐駒ケ岳が映っているのだった。

「『百名山』をやっている男は、どうしているでしょうね？」

「霞沢岳をやったから、あと三つの峰をやるために自宅で休養しているんじゃないか」

「堺川は、無職となっていましたね」

「そうだったな」

「生活に余裕のある人なんでしょうね？」

「そういう人でないと、つづけての登山はやれない。五十四歳だから、普通なら働いている」

芝本が口をつぐんだので、道原はまた新聞に目を戻した。

石和温泉を過ぎた。両方の車窓にブドウ園が広がっていた。道原は新聞をたたんだ。

「君はいくつぐらいの山に登っている？」

芝本は週刊誌を閉じ、

「南アルプス、中央アルプス、八ケ岳、北アルプス……」

と、指を折っていたが、「せいぜい五十座ではないでしょうか」

といった。

「結構登っているな。おれもそんなものじゃないかな。同じ山に何度も登っているからな」

「道原さんは、どの山が好きですか？」

「深田久弥は、『日本百名山』で君のような質問に対して、こんなふうに書いていたな。『私の答はいつもきまっている。一番最近に行ってきた山である。その山の印象がフレッシュだからである』とな」

「そうでしたか。でも、一番とか二番目に好きというより、好きな山というのは誰にもあるんじゃないでしょうか」

「おれには、登ったことはないが、好きな山はあるよ」

「眺めて、その容のいい山ですか？」

「そう。人を寄せつけないような厳しい立ち方をしている山が好きなんだ」

「たとえば？」

「いま思い出すのは、霞沢岳と錫杖岳だ」

「両方ともたしか『日本百名山』には入っていないですね」

「君の好きな山は？」

「宝剣岳です」

「中央アルプスだな。宝剣の別名は錫杖だ。山容が僧侶の持つ錫杖の頭に似ているという由来がある。それも『日本百名山』に選ばれなかった」

なぜ宝剣岳が好きかと道原がきくと、

「ロープウェーで昇って、千畳敷カールに出ると、前面にいきなり針のように尖った岩ばかりの山が立ちはだかっています。ぼくはあそこに立つたびに、身震いをもよおします」

といって、目を上のほうへ向けた。頭の中に、どこから見ても鋭く尖った三角錐の山を描いているようだった。

山の話をしていると、列車の三時間は苦にならなかった。

東京は、いましも泣き出しそうな曇り空だった。

本条の妻は家を掃除していた。夫の遭難の知らせを受けてからというものは、ろくに掃除もできなかったのではないか。

けさは、本条の母親もいて、道原と芝本に深く腰を折った。六十半ばの母親は、息子に死なれて、夜も眠れないと愚痴をこぼした。

道原たちは、本条の笑った遺影に合掌した。

ふたたび上京した目的を、道原は妻に話した。

「一昨日(おととい)から、主人の変わりようを、ずっと考えていました」

祭壇の前から本条の母親が去ると、妻はそういった。

「ご主人は、一昨年の病気のあと、変わったんですね？」

道原がきいた。

「この前、お話ししました洋服や時計のことがそうです。わたしになにもいわずに、あんなに高い物を買ってきたのは初めてでした」

「山靴のこともそうですね？」

「はい。前に履いていた靴があるのに、高そうなのを注文してきたりして」

妻はまだ、本条の遺品には手をつけていなかった。

本条は、登山用具や、山で撮ってきた写真を、二階の四畳半にしまっていたという。

道原はその部屋を見せてもらいたいと頼んだ。

「わたしは、めったに入ったことがありませんし、主人は登山用具を動かすと嫌がりました」

　といって、二人の刑事を二階へ案内した。

　その部屋の壁には、山の写真がいくつもパネルになって吊られていた。一目でどこの山か分かるものがあった。

　道原は、本条の写真の腕をほめた。彼はカメラを二台持っていたという。山から帰ってくると何本か撮ったフィルムを現像に出したが、それの代金もバカにならなかったと妻はいいながら、押し入れを開けた。

　プラスチック製の箱が積んであり、その中に山で使う物が入っていた。ピッケルや炊事用具は古い物だった。本条は、山小屋利用の登山をしていたから、テントや寝袋は持っていなかったという。

「全部山で使った物でしょうから、どうぞご自由にご覧になってください」

　妻は、整理する時間がなかったことを、刑事に詫びた。

　遺品に手をつけて三十分ばかりしたころだった。春や秋の山で着たらしい、厚手のシャツやセーターを一点一点箱から出していると、たたんだシャツのあいだに二つ折りになった封筒がはさまっていた。

　妻がその中に手を入れ、「あらっ」と、口を開けた。

「なんですか?」

道原は彼女の手のほうへ上体を伸ばした。

「預金通帳です」

彼女の手は封筒の中に入ったままだった。

彼女は、二人の刑事の顔を見てから、中身を取り出した。銀行の預金通帳が二冊あった。印鑑とカードがさらに小さな封筒に入っていた。

通帳の金額を見た妻は、また声を出した。

一冊のほうはM銀行で、残高は二百五十万円。一方はF銀行で、残高は百七十万円。合計で四百二十万円を本条は妻にも内緒で預金していたのだった。

両方の通帳とも普通預金で、最初に預け入れたのは一昨年三月中旬だ。百万円、五十万円といった具合に三回に分けて預け入れ、その預金額の最高は合計四百七十万円。その後彼は、F銀行の通帳から十万円ずつ五回にわたって引き出している。彼はときどき記帳していたらしく、利息が加算されている。

「ご主人が、スーツと時計を買ってこられたのが、一昨年の三月でしたね?」

道原は念を押した。

「はい。休んでいるときでしたから」

「そのときご主人は、印刷のアルバイトで報酬が入ったといいましたね？」

「そういっていました」

本条は一昨年三月、約五百万円を手中にしたのではないか。彼にとっては手にしたことのない金額だった。それで急になにか欲しくなり、自分の洋服と時計をデパートで買ったのではないか。そのときの彼には、妻子や母親になにか買ってやるという気が起きなかったのか。

「五百万円……」

妻は、空の封筒を膝（ひざ）に置いて、放心したような表情をした。

本条は、いったん預け入れた金を、今年の八月までの間に五回にわたって五十万円引き出した。そのうちの九万五千円は山靴に消えたのだろう。

あとの四十万円は、遊興費にでも使ったのか。

「本条さんは、賭事（かけごと）をやりましたか？」

「たまに競馬をやる程度でした」

「このお金について、思い当たることはありませんか？」

道原は、妻の表情に注目した。

彼女は、両手を頰（ほお）に当て、

「思い当たることなんて……」

といって首を横に振った。たぶん彼女は死亡した夫が信用できなくなったと、胸の中でいっているのではないか。

「これは、どうしたらいいでしょうか?」

妻は道原にいった。

「どういう性質のお金か分からない。手をつけず、そのままにしておいてください」

二冊の通帳をコピーさせてもらうことにした。芝本が、コンビニの場所をきいて、飛び出して行った。

「主人は、あんな大金を、どうやって……」

階下に下りてからも妻はつぶやいていた。

本条は、二冊の通帳にある預金のことを家族に話さず、高価な物を買うか、遊興にでも使うつもりでいたのだろうか。

9

本条の家を出ると、芝本が二時間ばかり暇をもらいたいといった。

「なにか思いついたのか？」

「私用です」

「仕事中だ。私用でも用件と行き先をいってくれないと困る」

「杏子の家へ寄りたいんです」

「近いのか？」

「中野区です。急いで行ってきますから」

道原は、中野駅近くの喫茶店で時間を潰すことにした。

芝本は、駅前のアーケード街へ駆け込んだ。そこを通り抜け、早稲田通りを越えたところに、赤尾杏子の実家があるという。

芝本は、アーケード街で手みやげでも買って行ったのだろうか。

この前の出張のときは東京で一泊したのに、杏子についての話はしなかったし、実家へ寄りたいなどといわなかった。それなのに、急に思いついたように訪ねるといい出した。本条の遺品を見ているうちに、杏子のことでなにか思いついたのではないか。

単独で山に登ったはずの彼女が、遺体になって、古岩という男と抱き合うようにして雪の下から発見された。二人は心中だったのではないかという富山県警の見方にひどくショックを受けたようだ。

芝本は独自に、杏子と古岩という男の関係をさぐったらしいが、二人の間柄を知ることはできなかったという。

道原は何度か時計を見ながら、アーケード街をぶらついた。ずっと前に入ったことのある古本屋が目についた。背文字を見せて並んでる文庫本の中に、若くして谷川岳で死んだ登山者の手記があった。三十八年も前に発行された本だった。

それを買い、バッグに押し込み、芝本と約束の喫茶店に入って開いた。

四、五ページ読むうち、本条が家の中に隠していた二冊の預金通帳の金額が頭にちらついた。

本条は一昨年三月、約五百万円を一挙に手にしたようだ。彼は所詮は平凡なサラリーマンで、長年抑えていたものが爆発したように、その金を遊興に使ったりはしなかった。現金で持っていることが気になってか、二つの銀行に預け入れた。

五百万円もの現金を一挙に手にしたとなると、犯罪に関係したのではないかと疑いたくなる。

たとえば、窃盗とか強盗とかによって現金を手に入れた場合、発覚を怖れ、預金はしないのではないか。

預金したということは、ある行為に見合う報酬か、持ち物を売っての代金かではないだろうか。

道原は、本条の妻に電話した。

「ご主人は、なにか高価な物を持っていなかったですか？」

「高価な物ですか……」

「たとえば、骨董品のような物を」

「見たことはありません」

彼女は、義母にきいてみるといって、二、三分待たせたが、

「義母もそういう物は見たことがないといっています」

「あるいは、ご先祖から受け継いだ物を、売られたのかと思ったものですから」

妻は、義父も骨董品といえる物は持っていなかったと答えた。

品物を売って得た代金でないとすると、仲介料のような報酬か。五百万円もの報酬といったら、ちょっと口を利いてやったり、仕事を紹介したりした礼ではないような気がする。

本条は、いったん預金した金のうちから、約二年間のうちに十万円ずつ五回にわたって引き出している。自由に使ってよい金だが、まとめて引き出して使うには、気が引けるといった性質の金ではなかったか。

彼に大金を与えた人間が、いつ返せというか分からない。だからビクビクしながら十万

円ずつ引き出していたということなのか。

芝本が戻ってきた。彼は走ってきたらしく、息を弾ませていた。

「まあ、コーヒーでも飲んで落着け」

道原がウエートレスに向かって手を挙げた。

「顔色が冴えないが……」

「そうですか」

芝本は額に手を当てた。

「ご家族には会えたのか？」

「お母さんがいました」

「杏子さんのことで、なにかききに行ったんだな？」

芝本は小さくうなずき、運ばれてきたコーヒーをブラックで飲んだ。

「彼女の両親は、なにか隠しているような気がしてならないんです」

「隠している。……なにを隠しているのか、君には見当がついているんだな？」

「彼女のことです。ぼくはいろいろ考えましたが、家族は、彼女の遺品の中からなにかを見つけたような気がするんです」

「君は、彼女の遺品を見せてもらったといったじゃないか」

「それは、アルバムとかアドレスノートの類(たぐい)で、たとえば着る物のあいだをいちいち見せてもらったわけじゃありません」

「君に見せたくない物がしまわれていたということだろうか？」

「ぼくが警察官だから、見せられないし、話したくないんじゃないかという気もします」

「どんな物だろう？」

「分かりません。彼女が遭難した直後は、ご両親はぼくにうち解けた話をしていましたが、半年ぐらい、いえもっと前からです。話をしていても歯切れの悪さを感じるようになりました」

「きょうは、なにをききに行ったんだ？」

「杏子のことで、その後なにか思い出したかとききました」

母親は、ただ首を横に振っただけという。

「君と会うのを避けているような感じなのか？」

「そんなふうにも受け取れました」

「亡くなった人のことをききに行ったのに、会いたくなさそうなようすというのは、おかしいな」

芝本が警察官だからという言葉が、道原には気になった。

「杏子さんと同じ場所で死んでいた古岩吾郎は、彼女とは無関係らしいということだが、どんな人間だったかを、しっかり調べているのか？」

「古岩の奥さんに会って、杏子を知っていたかということと、アドレスノートなどを見てもらいました。彼の身辺をとことん調べるところまではいっていません。富山県警は事件性はなさそうとみていますし、ぼくが出過ぎた真似はできません」

「それはそうだ。……署には夜の列車で帰ることにして、古岩がどんな男だったかを、おれが当たってみようか？」

「いいんですか、ぼくの個人的なことなのに」

「君は納得できないいんだから、いずれ古岩のことを調べるんじゃないのか。こういう機会でないと、おれは動けない」

古岩吾郎の勤務先は、安田機械といって千代田区神田にあった。芝本は前に同社を訪ね、古岩の同僚に当たっているという。だがそのとき芝本は、警察官を名乗らず、杏子と親しかった者としてだった。道原は堂々と刑事の名刺を出して聞き込むつもりだ。

道原は、上市署の広島刑事に電話した。彼と電話で話すのは二回目だ。

杏子の両親が、彼女のことをなにか隠しているらしい。それを芝本は気にしている。東京へきたついでに、参考までに古岩の身辺を嗅いでみるが承知してくれないかと道原はいった。

広島は、その結果を連絡してくれと、わりと気さくだった。

安田機械は、大手建設会社の隣のビルにあった。

道原は、芝本を近くで待たせることにした。

受付の女性に、古岩のことを尋ねたいが、親しくしていた同僚をさがしてくれないかと頼んだ。

応接室で十数分待たされた。メガネを掛けた長身の男がやってきた。

「古岩とは入社が同期で、五年間同じ部署にいた大森（おおもり）でございます」

そういって名刺を出した。

道原も名刺を出した。べつの事件の捜査で上京したのだが、古岩の遭難には前から疑問を持っていて、富山県警とは連絡を取り合っていたと話した。

大森は何度も頭を下げ、椅子を勧めた。

彼は今年の四月、古岩の遺体が発見されたとき、彼の妻とともに現地の警察へ行き、遭難現場を室堂（むろどう）から仰いだという。

赤尾杏子の両親は、彼女の遺品の中から見つかった物についてなにか隠しているらしい。

古岩の妻もその点に触れると歯切れがよくない。二人の家族は共通の隠しごとをしているように思われるがと、道原はヤマを張った。

大森は、メガネの顔を傾げてしばらく考えていたが、

「じつは、女性問題で悩んでいたことがありました」

と、やや声を低くしていった。

「女性問題。……それはいつごろのことですか？」

「彼が行方不明になる二、三か月前でした。彼から私が相談を受けたときです」

「去年の夏ですね？」

「そうです。暑いころでした」

「悩んでいたというと、古岩さんに好きな人ができたんですね？」

「はい。彼は、女房と別れることまで考えているといっていました」

「大森さんは、古岩さんの相手の女性を知っていますか？」

「私と何度か飲みに行ったことのあるクラブの女性です」

「クラブの女性……。それはどこの？」

「上野です」

古岩は結婚してちょうど十年経過していた。子供は小学生だ。夫婦に異性問題がもとで亀裂が生じるのが、結婚八年から十年目ぐらいのころが最も多いというデータを、道原は

ある雑誌で読んだことがある。

「その女性とは、古岩さんが亡くなるまでつづいていましたか？」

「つづいていました。古岩が山で行方不明になったことを、私が彼女に伝えました。彼女は顔色を変え、しばらく言葉が出ませんでした」

「古岩さんの奥さんは、その女性のことを知っていたでしょうか？」

「奥さんは、どこの誰かということまでは知らなかったでしょうが、古岩に好きな女性がいたことは知っていました。彼女のほうも、古岩と離婚しようかどうかを迷ったという話でしたから」

道原は、古岩が好きだった女性が働いている店をきいた。

大森はその店への地図を描いてくれた。

「二か月ぐらい、その店へ行っていませんが、いまもいると思います」

そのホステスは店ではサチという名を使っているという。

大森からは、女性のこと以外に道原が関心を持つ話はきけなかった。しかし、古岩の身辺に関して好きな女性の話は重要な情報だった。

芝本は、有名なスポーツ用品店のウインドウをのぞいていた。ガラスに道原の姿が映ると、電気に触れたようにからだの向きを変えた。

10

大森に教えられた上野のクラブを訪ねると、黒いズボンにワイシャツを腕まくりした若い男が二人、出入口や床を掃除していた。開店にはまだ間があるようだ。

サチという女性はいまも働いているか、と痩せた男にきいた。

「おたくは？」

男は、道原と芝本をにらみつけるような顔をした。

道原は手帳だけ見せた。

男の態度が急に変わった。

「サチがなにか？」

「彼女の友だちのことをききにきただけです」

「六時五十分には出てきます。よろしかったら店の中でどうぞ」

男はいったが、まだ五時半にもなっていなかった。

サチの自宅の電話を教えてくれないかというと、男は奥へ引っ込み、メモに番号を書いて出てきた。

彼女の住所は葛飾区だと男はいった。

道原はその店から二〇〇メートルほど歩いて、公衆電話でサチに掛けた。

いつもの出勤時間より早く出てこられないかと彼女にきいた。

六時十分なら上野駅に着けると、彼女は答えた。

「どんな感じの女性でしたか？」

道原が電話を終えると芝本がきいた。

「クラブのホステスというよりも、普通のＯＬのような感じだった」

道原と芝本は、サチが指定した駅前の喫茶店へ入った。

わりに広い店だが、客は四、五組しかいなかった。

「すみません。ぼくのことで」

芝本は頭を下げた。

「気にするな。杏子さんや古岩のことが早く分かれば、君も落着けるだろう」

斜め前のテーブルには、いかにも水商売といった派手なスーツを着た女性と、五十年配の男が向かい合って笑っていた。

「さっき、大森という人から、古岩に好きな女性がいたときいたときは、どきっとしたよ」

道原は芝本に笑顔を見せた。

芝本は口元だけをほころばせた。

サチは、約束の時刻に現われた。黄色のワンピースに黒いバッグを提げていた。金のチェーンに吊った緑色の光った石が胸元を飾っていた。背はわりに高いほうだ。歳は二十五、六だろうか。化粧は濃くなかった。

彼女は、二人の刑事の顔を見てから目を伏せた。

「古岩さんと親しくなったのは、いつごろですか?」

道原がきいた。

「去年の四月ごろです」

彼女は、道原の顔をちらりと見て答えた。

サチの話によると、古岩は彼女が働いているクラブに二年ほど前からときどき飲みにきていた。サチがその店に入ったのは去年の二月だった。彼女が古岩の席に初めてついたとき、彼に気に入られたようだった。彼と彼女は、一緒に食事して、店に入ることが二、三回つづいた。

「そのころ古岩さんは、あんたのいる店へたびたびくるようになったんですね?」

「三月ごろから週に二回くることもありました」

「高い店ですか?」

「クラブとしては安いほうといわれています」

「平均いくらぐらい?」

「ボトルを入れてあれば、一万二、三千円です」

「古岩さんは、どういう人と飲みにきましたか?」

「一人のときが多かったです」

「現金で払っていましたか?」

「いつもそうでした」

「彼は、普通のサラリーマンだった。週に二回も飲みにきたら、月に十万円近くを使うことになる。あんたを好きになったから、たびたびきていたんでしょうが、無理をしているようには見えなかった?」

「いつも十万円ぐらい持っていました」

「なぜそれが分かったんですか?」

「金曜はたいてい、店が終わるまでお店にいて、一緒に帰りました。帰る途中で、なにか食べることもありました」

「彼と一緒に、あんたが住んでいるところへ帰ったんですか?」

「初めのうちは……」

彼女は言葉を切った。

道原は先を促した。

「ホテルへ行きました」

クラブの飲み代、食事代、ホテル料金を彼が支払ったということだ。

去年の五月ころから、彼女は自分の部屋へ彼を迎えるようになった。よくきくパターンだと道原は思った。

「彼は、ホテルを使わなくなったからといって、毎月、わたしにお小遣いをくれるようになりました」

「いくらぐらいでしたか？」

「十万円です」

「そうなってからも彼は、あんたのいる店へは週に一、二回はきていたんですね？」

「月に二、三回に減りました」

彼と彼女は日曜に会うこともあったという。彼が彼女の部屋を訪ねるのだった。

「よくお金があるものだと、思わなかった？」

「思いました。わたしに十万円もくれて、奥さんに知れないかって彼にいったことがあります」

「彼はなんて答えましたか？」

「給料のほかに収入があるから、大丈夫といっていました」

「どんなところから収入があるのかを、きいたことは？」

「ありません」

サチは、冷めかけたコーヒーを一口飲んだ。

道原の横で芝本はノートにペンを動かしている。

「古岩さんは、離婚まで考えていたようですよ」

「奥さんと別れたいって、何回もいっていました」

「あなたはどうするつもりでしたか？」

「彼が離婚できれば、一緒になるつもりでした」

彼女は、バッグの光った留め金をはずした。細巻きのタバコに火をつけると、唇を下に向けて煙を吐いた。爪を薄いピンク色に塗っていた。

「古岩さんは、去年の十月、登山に出掛けて行方不明になったんですが、それまで毎月十万円は欠かさずに？」

「はい」

彼女は、目を伏せたままうなずいた。

「古岩さんは、山へ出掛けることを、あんたにいいましたか？」

「二泊ぐらいで帰ってくるといって、朝早く出掛けました」

「朝早くというと、あんたのところへ泊まって？」

彼女は悪いことを隠すように、斜め下を向いて首を動かした。

古岩は妻には、一日前から山へ出発するといって家を出たのだろう。

「古岩さんは、誰かと一緒に登るようなことをいっていなかったですか？」

「一人だといいました」

「出発した日か、次の日、彼から電話がありましたか？」

「いいえ」

サチはタバコを消すと、人差し指を鼻に当てた。古岩が早朝、部屋を出て行ったときの姿でも思い出したのだろうか。

「彼が山へ行って、何日たっても連絡がない。あんたはどうしましたか？」

「安田機械へ電話しました。電話に大森さんが出られて、会社からも捜索に行くといっていました」

その三、四日後、大森は一人で店へやってきて、古岩は依然として発見されていないという話をきいた。

「古岩さんには子供がある。簡単には離婚はできないし、悩んでいたようです。それをあんたは知っていましたか？」

「分かっていました。わたしは彼に、いまのままでもいいといっていましたが、彼は離婚したいようでした」

「離婚して、あんたと一緒になりたかったのは、あんたにクラブ勤めをやめさせたかったんじゃないでしょうか？」

「そのようでした。昼間の仕事に変われないかっていわれたことがありましたから」

「あんたは、クラブで働くのが嫌ではなかった？」

「嫌いじゃありません。前に勤めていたときよりも収入は多いですし」

「あんたは、東北の出身ですね？」

彼女の言葉をきいて、道原は見当がついていた。

「山形です」

「山形のどこ？」

「天童です」

「将棋の駒で有名なところですね」

「うちは農業です」

サチは、タバコを取り出したが、目の前にいる二人が吸わないからか、箱をバッグにしまった。

「今年の四月、古岩さんがどんなふうに発見されたか、知っていますか？」

「大森さんにききました。その前に新聞で読んでいました」

「若い女性と一緒に発見された。心中ではないかという見方がありますが、あんたはどう思いますか？」

「心中なんか……」

彼女は激しく首を横に振った。肩までの髪が音を立てるように揺れた。

サチは時計を見て、店へ電話を入れた。三十分遅刻することを告げてきたといって、タバコに火をつけた。

11

道原と芝本は、足立区に住む古岩吾郎の妻に会いに行った。そこは公営のマンションだった。

妻は昌子（まさこ）といって三十五歳で、男の子は小学生だった。

妻は以前から勤めているという。ややはれぼったい目をしているが、色白でかたちのよい唇をしている。

酒場で働いている若いサチに会った直後のせいか、妻がいくぶんやつれているように見えた。

「去年の三月ごろのことを思い出してくれませんか」

道原は切り出した。

「三月ごろ……」

「古岩さんになにか変化が起こったような気がしますが？」

「主人に好きな女性ができたらしいとわたしが気づいたのは、もう少しあとだったような気がしますが」

彼女は短くした髪に手をやった。襟足に色気があった。

「古岩さんは、会社で営業を担当していましたから、取引先と外でお酒を飲む機会はあったでしょうね？」

「それは月に二回ぐらいでした。そういうときは、夕方電話をよこしました。夕食は要らないといい、帰りが少し遅くなるといいました」

「三月ごろから、帰宅が遅くなる回数が増えましたね？」

「電話をよこさず、真夜中に帰るようになったのが三月ごろからだったでしょうか」

「好きな人ができたらしいと気づいたのは、いつごろですか？」

「四月か五月だったと思います」

「帰宅が遅くなることについて、古岩さんはどういっておられましたか？」

「初めは、取引先との付き合いが多くなったといっていました。わたしはそれを信用していましたが、たまに明け方帰ってくるようになりましたので、取引先の接待ではないと思い、わたしは小言をいいました」

妻の記憶では、五月ごろから古岩は日曜の昼過ぎに外出し、夜遅く帰ってくるようになったという。

彼は妻がきくことに生返事をするようになり、子供とも遊ばなくなった。妻は夫に好きな女性ができたことを感じ取って、追及した。古岩が、好きな女性のいることを白状したのは夏になってからだったという。

「古岩さんは、去年の三月ごろから、上野のあるクラブへ、たびたび行くようになりました。その店の支払いは月十万円ぐらいです。取引先の接待ではないから、代金を自分で払っていました。そういうお金をどうやって工面できたと思いますか？」

妻は膝の上で拳を固く握った。下を向いてしばらく顔を上げなかった。

「給料以外に収入があったことを、奥さんは知っていましたね？」

道原は震え出した妻の肩を見てきいた。

「申し訳ありません」

彼女は涙声になった。

「正直に話してくれませんか」

妻はちらりと、間仕切りのふすまのほうに視線を投げた。隣の部屋では、息子がテレビを観ているらしい。

「いつかは分かりませんが、主人は、まとまったお金を手に入れたようでした」

「それはどこで分かりましたか？」

「去年の秋、主人が山で行方不明になったあと、持ち物を見ていましたら、出てきたんです」

「出てきた……。なにがですか？」

「お金です」

「現金が？」

「はい」

彼女は肩をすぼめた。

「どのぐらいありましたか？」

「三百二十万円です」

「大金ですね。古岩さんは、そのお金を、ご自分の持ち物の中にしまっていたんですね？」

「山で使う物や、壊れたカメラや三脚なんかを入れた木の箱の底に、古いタオルで包んでおいてありました」

妻は、その現金を、夫がいつから置いたのか見当がつかなかったという。

芝本は、メモを取っていたノートをめくった。

古岩が個人でサチのいるクラブへしばしば通うようになった時期を考えると、彼はまとまった金を去年の二月か三月ごろ手にしたのではないかと思われる。

その金を手に入れなかったら、古岩はクラブへ頻繁に行かなかったろうし、サチと親密な間柄にもならなかっただろうし、離婚を考えることもなかったのではないか。

「古岩さんの持ち物の中から出てきた現金を、あなたはどうしましたか？」

「郵便局へ貯金しました。気味が悪くて、手をつける気になれませんので」

彼女は、現金のことを古岩の親族にも友人や同僚にも話していないといった。

道原は、古岩が去年の三月ごろから行方不明になるまでの間に、遊興に使ったであろう金額を推定してみた。その金額の中には毎月サチに与えていた十万円も入れなくてはならない。ざっと計算して百七、八十万円ではなかったか。その残りが三百二十万円だとすると、彼は約五百万円を手にしたように思われる。

道原は本条真介の預金額を思い出した。それは四百七十万円だった。

もしかしたら本条と古岩は知り合っていて、約一千万円を手に入れ、それを山分けしたのではないかと思ったが、二人が現金を手にしたらしい時期に約一年間のズレがあった。だが、本条も古岩も、約五百万円を手に入れたことは間違いない。ほぼ同額を手にした二人の男が、時期も場所も異なるが山で死んでいる。

本条は、登山コースを迷わされたのが原因で遭難した。古岩のほうは雪崩に巻き込まれたものとみられている。だが古岩は、約六か月後に、女性と一緒に遺体で発見された。その女性が赤尾杏子で、芝本の恋人だった。

道原と芝本は、最終の特急で帰りたかったが、新宿駅へ二十一時に着くことはとうてい無理だった。真夜中に出て、朝方豊科に着く急行を利用することにした。

二人は、新宿西口の飲食街の食堂に入った。ここは安いしうまい。道原は伏見と東京出張のたびにこの飲食街で食事している。

「古岩の奥さんの話をきいているうち、君がいったことを思い出したんだ」

カウンターに並んで道原は芝本にいった。

「なんでしょう?」

「杏子さんのことだ。彼女のご家族は、君がくるのを拒否するような態度を取るようになったといったじゃないか」

「たしかに、ぼくを避けているようです」

「ご家族は、彼女の遺品の中から、君に話すことのできない物を見つけたかもしれないともいったな」

「そんな気がしています」

「それは当たっているんじゃないか?」

「本条や古岩と同じように、預金通帳か現金でも出てきたというんですか?」

「彼女が持っているはずのない現金があった。それでご家族は、怖くなった。杏子さんがなにかの犯罪にでも関係したんじゃないかと思い、君を避けているんじゃないのかな?」

「本条と古岩は、死んだから家族に隠していた通帳や現金が見つかった。生きていたら、チビチビと使ってしまったでしょうね。杏子も同じように……」

芝本は野菜の煮つけをはさもうとした箸(はし)をとめた。

「君には気の毒だが、彼女を疑ってみる必要があるぞ」

杏子と古岩は、ともに窒息死だった。雪の中から発見されたことから、雪崩に遭って死亡したらしいと判断されているが、直接の死因は明白になっていない。二人がパーティーを組んで、雪崩に巻き込まれての死亡だとしたら、死亡する前に食べた物と、それの消化状態は同じであるはずだ。それが異なっているということは、二人はまったく別行動だったのではないか。

二人が、殴打を受けていたり、刺されたりしていれば、他殺ということになって捜査されるが、所轄の警察は、山岳遭難を疑っていない。

だが古岩は、去年の三月ごろ、まとまった現金を手に入れたことは歴然としている。そのことと彼の遭難は無関係ではないのではないか。

そう考えるのは、本条の一件があるからだ。

道原は思いついて、上市署へ電話した。広島刑事は帰宅して、署にいなかった。

彼は、四賀課長の自宅に電話し、本条の妻に会ったあと、上市署の了解を取って、古岩吾郎の身辺を洗ったことを説明した。

「なにっ、現金が出てきた」

課長は、本条の場合とそっくりではないかといった。

古岩と一緒に雪中から発見された赤尾杏子を調べてみる必要を感じたので、一泊させてもらいたいといった。

「赤尾というのは、芝本の彼女だね」

「彼女の両親に芝本君が何度当たっても、ほんとうのことを話してくれないような気がします」

「そうだろうね。もしも娘がなにかの犯罪にかかわっていたらしいと思えば、隠しとおすだろう。芝本への遠慮もあることだからね」

課長は、事件は意外なところへ発展しそうだといった。

道原と芝本は、西新宿のビジネスホテルに泊まることにした。

いつの間にか空は晴れていた。高層ビルの屋上の赤い灯のあいだに星があった。ビルのあいだから仰ぐせいか、星の光が人工的に見えるのだった。

12

道原は午前九時になるのを待って、上市署の広島刑事に電話した。

古岩吾郎が現金で三百二十万円を隠し持っていたことを話すと、

「公にできない性質の金だったでしょうね」

と広島はいった。

東鎌尾根で遭難した本条真介が、妻に内緒で二冊の通帳に残した金額も話した。

「偶然でしょうか？」

広島は首を傾げたようだった。

道原は、赤尾杏子の家族に当たりたいが、それも了解してくれないかといった。

「道原さんは、古岩が隠していた現金と、彼の遭難は関係があるとにらんだのですね？」

「あるいはと思っています」

とにかく杏子の家族に会って話をきく。その結果をまた連絡するといった。

道原の報告をきいて、広島は落着かなくなったに違いない。事故とみて処理したことが他県警の者が疑いを持って調べ、事件ということにでもなったら、上市署の面子（メンツ）は丸潰れなのだ。

道原は芝本を残して、一人で赤尾家を訪ねた。小ぢんまりとした門構えの古い住宅だった。

杏子の母親が出てきた。六十半ばの歳恰好で、神経質そうな顔立ちをしていた。

道原は芝本の名を口にしなかった。管内の北アルプスで発生した遭難事件を詳しく調べているうち、杏子と同じ場所で死亡していた古岩と共通したところが浮上してきたと話した。

母親は、道原を座敷に通してお茶を出すと、

「わたしでは、刑事さんのお役に立てるようなお話はできないと思いますが」

といって、赤黒く塗った座卓の向こうにすわった。

杏子と古岩の遭難には不審な点があり、上市署でも洗い直すことにしていると、ここでも彼はヤマを張った。

母親は下を向いた。膝(ひざ)に重ねていた手が動いているようだった。

「杏子さんが山へ行く前、それまでの生活とは変わった面がみられませんでしたか?」

「あの子が松本へ行ってからのことは、よく分かりません。ときどき電話を掛け合ってはいましたが、特別変わったところはないようでした」

「杏子さんは、月に一度ぐらいはご実家へ帰ってこられましたか?」

「帰ってくるのは、二か月に一度ぐらいでした。あちらのほうが住みやすいといつもいっていました」

「お母さんは、松本の杏子さんのところへは?」

「一度だけ行きました」

「それはいつですか？」

「去年の五月半ばです。杏子に上高地へ案内してもらいました。それまで行ったことがなかったものですから」

彼女は、硬い表情のまま答えた。

「杏子さんは、去年の十月登山に出掛けられたんですが、そのことはご存じでしたか？」

「出発する何日か前に電話がありました。前から登山はしていましたので、わたしはべつに心配もしませんでした」

「一人で登るといっていましたか？」

「誰と行くかということは、わたしはきかなかったような気がします。あとから思えばうかつなことでした」

道原は膝の上でノートを繰り、二、三分黙っていた。

窓辺に鳥籠(とりかご)があって、小鳥の鳴き声がきこえた。たまに車の通過する音がしたが、そのほかに物音はしなかった。

「杏子さんが遺された物は、すっかり整理なさったでしょうね？」

「はい」

彼女の返事は細かった。

杏子の遺品の中から、意外な物は出てこなかったか、ときくと、母親は目尻にわずかな変化を見せた。

きのうここを訪ねた芝本も、同じ質問をしたのではないか。そのとき母親は言下に否定したという。が、いまの彼女の表情の変化を、道原は見逃すわけにはいかなかった。

「どんな物がしまわれていましたか?」

「いいえ。意外な物など杏子は持っていませんでした」

彼女は答えたが、その声は消え入るようだった。

道原はそれ以上追及はできなかったが手応え(てごた)えを感じた。家族は杏子の遺品の中に思いがけない物を見つけたのではないか。それは公にできない。話したら、生前の娘の行状が疑われるという性質の物だったのではないか。

道原は帰ることにした。

玄関まで見送った母親に、杏子のことで気になったことがあったら、相談してくれないかといった。

母親は手を前で合わせておじぎした。

芝本は、駅前のバス発着所を眺めるように立っていた。

「母親はなにか隠している」

「やっぱりそうですか。ぼくと話したがらなかったのは、そのせいだったんですね」

道原は、杏子の父親の勤務先を芝本にきいた。

父親は西新宿に本社のある損害保険会社にいるという。

「父親もなにも答えないような気がするが、会わないわけにはいかない。警察が調べているという印象を強く植えつけておく必要がある」

杏子の父親の赤尾が勤めている会社は、西新宿の高層ビルにあった。

高速エレベーターが、道原を三十階まで一気に運び上げた。

赤尾は、紺色の上質なスーツ姿で現われ、道原を応接室に案内した。丸顔で肉づきがよかった。

「娘のことをお調べとおっしゃると、どういうことでしょうか？」

赤尾は母親と違って堂々としていた。

道原は、彼の自宅で母親に会ってきたといい、父親に対して同じ質問をした。

「杏子の持っていた物の中に意外な物とおっしゃいますと、たとえば？」

赤尾は逆にきいた。

「杏子さんにふさわしくない物という意味です」

「いいえ。そのような物はありませんでした」

彼はきっぱりと否定した。その表情に曇りはなかった。彼の答えに偽りがないとすると、さっきの母親が目尻に出した怯（おび）えに似た変化はなんだったのか。

道原がさっき自宅を訪問したことは、母親の口から伝わっているだろう。刑事になにをきかれ、どんなふうに答えたと母親は話したことだろう。

道原は、杏子の両親に対して、彼女を事件関係者と決めつけているような質問をしたことに気がついた。このきき方が、赤尾夫婦を頑なにしてしまったのではないか。

コーヒーが運ばれてきたのを機（しお）に、道原は質問の方向を変えることにした。

「杏子さんは、どんなお嬢さんでしたか？」

彼は、コーヒーの香りを嗅（か）ぎながらきいた。

「好奇心の強い娘でした。子供のころから人の習っていることに興味を覚え、音楽や絵画を習ったこともありました」

「ほう。絵をお描きになった」

「一時、美大に行きたいなんていったことがありましたが、自分で才能がないと思ったのか、断念したんです」

「登山は、いつごろから始められましたか？」

「高校のときです。友だちの父親が山好きで、ご自分のお子さんを連れては山歩きしていました。ある夏、その友だちに誘われて、南アルプスのなんという山だったか忘れましたが一緒に行きました」

「それが病みつきに？」

「そのようです。三、四人の同級生と、日帰り登山はするし、三、四日かけて、八ケ岳にも北アルプスにも登るようになりました」

「大学に進まれてからも？」

「大学に入ると、またべつの山友だちができましてね、たしか一年生のときの夏休みは、北アルプスの涸沢（からさわ）で二週間ぐらい過ごしました。帰ってきたときは、別人かと思うような顔色をしていました」

「いまも涸沢にはそういうグループがいます。何日かいると、里へ下るのが嫌になるといっています」

「刑事さんも、若いころは山登りをなさいましたか？」

「いまも登ります。もっとも最近は仕事ですが」

「私も家内も山登りをしたことがありません。新聞で遭難のニュースを見るたびに、危険だからやめるようにと、娘に注意していましたが、無理をしなければ、少しも危険なことはないなんていって……」

「わたしも登山が危険とは思っていません。時季に合った装備で行けば、何歳になってもやれるスポーツと思っています。高齢の方が『百名山』を踏破したり、それを達成しようと登りつづけている方もいます」

「知っています。娘があんなことになってから、山のニュースには敏感になりましてね」

「杏子さんは不運でした。雪崩に遭うなんて想像もしていなかったんじゃないでしょうか。予想していれば、そんなところへは近づかなかったはずです」

「富山県警の方の話ですと、娘が遭難した場所は、雪崩の危険の少ないところということでした」

「そのようです。稜線を歩いていた二人が巻き込まれるなんて、考えられないといっています」

「娘と同じ場所で亡くなっていた男性は、娘と一緒に歩いていたことが、はっきりしているんですか?」

「それは分かっていません。同じ場所で亡くなられていたから、一緒に行動していたんじゃないかと推測されているだけです。古岩という男性と杏子さんは、知り合いでもなかったそうですね?」

「杏子と親しくしていた青年が、二人の関係を調べたそうですが、無関係らしいといっています」

赤尾のいう青年とは、芝本のことだろう。

芝本は諏訪署から豊科署に転勤したが、そのことを杏子の両親には伝えていないのか。知っていれば赤尾は、道原の名刺を見て、芝本のことをいいそうなものである。それとも同じ署でも部署が違うのではないかと思っているのか。

「道原さんが調べていらっしゃるのは、槍ケ岳の近くで、雷雨に遭って亡くなられた四十代の男の人のことですか？」

赤尾の話し方は打ち解けてきた。

「東京の新聞にも出ていたでしょうが、何者かによって登山道を教える矢印が、べつの方向を指していた事件です」

「私も読みました。矢印の岩はやっぱり誰かが動かしたんですか？」

「自然に動くわけがありませんから、登山者を迷わすために、何者かが……」

「ひどいいたずらですね」

「そのために、一人が生命を失いました」

「その事件と、うちの娘の遭難とはなにか関係がありそうなんですか？」

杏子の母親は、さっき道原がきいたことをすべて赤尾に伝えていないようである。

道原は、本条の遺品と、古岩の遺品から見つかった物が共通している。それでもしや槍ケ岳の遭難と立山の遭難は、どこかで関係があるのではないかとにらみ、富山県警と連絡を取り合って捜査に乗り出したのだと話した。

「道原さんは、両方とも遭難事故ではないとみていらっしゃるのですか?」

「事件の可能性があるということです」

道原はそういって、赤尾の顔を見つめた。

「杏子は古岩という男と同じ場所で死んではいましたが、事件とは関係ないでしょう。あの子は、事件になんか巻き込まれるような娘ではありません。古岩という男とは、偶然一緒に雪崩に遭ったんです」

赤尾の態度はまた硬化した。疑ってみれば、杏子のことには触れて欲しくないといっているようである。

13

「君は、杏子さんのご両親に、豊科署に転勤したことを話していないのか?」

豊科へ帰る特急列車の中で、道原は芝本にきいた。

「転勤した日に、はがきを出しておきました」

「ご両親とも、おれの名刺を見ながら、君のことをいわなかったが」

「杏子のことは、もう忘れてくれといっていました。ですから、あえてぼくの名を出さなかったのだと思います」

「君とは縁を切りたいというんだろうな」

「その点が、ぼくにもひっかかるんです。たとえば別れた女性のところへ、ぼくがたびたび顔を出したりしたら、娘の将来を考えて、忘れてくれというでしょう。彼女は死んでしまったんです。それなのに……」

芝本は下唇を嚙んだ。

「君と縁を切りたいんじゃない。警察に近づいて欲しくないんじゃないのかな?」

道原と芝本は、膝の上で弁当を開いた。

本条や古岩のように、杏子の遺品から思いもかけない物が見つかっていたとしても、それを家族からきき出すことは、もはや期待できそうもない。

「君は、彼女の友だちや同僚に会っているのか?」

「何人かに会いましたが、古岩という男に心当たりはないかをきいただけです」

そうだろう。芝本が調べたころは、本条の遭難事件は発生していなかったし、古岩の遺品からとんでもない物は見つかっていなかった。

道原は、芝本が把握している杏子の友人と同僚の名をきいて、ノートに控えた。

きょうは晴れて山がよく見える。左の車窓に、鳳凰山が映り、やがて甲斐駒ケ岳のどっしりとした山容が見えてきた。

「日本百名山」には〔中央線の汽車が甲州の釜無谷を抜け出て、信州の高台に上り着くと、まず私たちの眼を喜ばせるのは、広い裾野を拡げた八ケ岳である。全く広い。そしてその裾野を引きしぼった頭に、ギザギザした岩の峰が並んでいる〕と書いている。その八ケ岳は右の車窓に黒っぽく見えた。

松本市に住む堺川という人は、自分の「百名山」の仕上げである北アルプスに、そろそろ取りついたのだろうかと、道原は小海線の始発駅である小淵沢にとまった列車の窓をのぞいた。大型ザックを背負った四、五人の若者が降りた。荷の大きさから見て、八ケ岳を縦走するのではないかと想像した。

次の茅野では、小型ザックを背負った中高年の男女のグループが、高い声で喋りながら降りて行った。引率者らしい四十歳ぐらいの赤い帽子の男が、ホームに降り立った十数人を数えていた。北八ツか霧ケ峰を歩くのだろうか。登山には絶好の時季である。

けさの新聞には、中高年の登山ブームに警告を発する記事が載っていた。登山は手軽なスポーツとして、経験の乏しい初心者や初級者の入山が急増し、そのため初歩的な事故があとを絶たないと書いてあった。

この時季、里は秋だからといって軽装で山に入って、雪に遭い立ち往生する人たちがいる。

すり傷などの軽傷でヘリコプターを呼んだり、救助に向かった民間ヘリに、「お金がかかるから県警のヘリできてもらいたい」とクレームをつけた登山者がいたという例を載せていた。

最近、「山の遠足」とか「初級者ＯＫ」といったうたい文句で、登山ツアー参加者を募集している企業がある。

警察庁のまとめでは、昨年の全国の山岳遭難は過去最多の八百二件で、今年はこれを上回るペースで増加しているというデータも出ていた。山岳地の気象条件などを知らずに登ると、取り返しのつかないことになるという数字である。

九月二十日、槍ケ岳付近の山小屋に宿泊した登山者の調べは、伏見と牛山の手で終わっていた。その結果、大天井ヒュッテから一人、ヒュッテ西岳から一人、身元不明の宿泊者があったことが判明した。いずれも男性で、二人は、宿泊カードは規定通り、氏名、住所、緊急連絡先を記入しているが、照会したところ住所に該当がなかった。山小屋に偽の申告をしたのである。こういう者がもし事故に遭ったら、家族や関係者から照会のないかぎり、警察では連絡ができない。

「その二人は怪しいな」

報告を受けて道原はいった。

大天井ヒュッテに泊まったAは三十七歳、ヒュッテ西岳に泊まったKは三十九歳とカードに記入していた。

二十一日の朝、Aが大天井ヒュッテを何時に出発したかは分かっていない。ヒュッテ西岳のKについても同じである。

二十一日の早朝、東鎌尾根の矢印の岩を動かしたのがAとKだとしたら、Aは暗いうちに山小屋を発って、Kと合流したのではないか。共犯の二人がべつべつの山小屋に泊まったということは、一人が大天井ヒュッテで本条真介の行動を観察しておきたかったのではないか。

偽名で泊まった者の身元を割り出すのはきわめて困難だ。二人が山小屋に残した物といったら、宿泊カードの筆跡だけである。

「例の岩を二人がかりでも素手では動かせない。なにか道具を背負って登ったんだろうな」

道原は伏見にいった。

「道具を持っていたとしたら、ヒュッテ西岳に泊まったKのほうでしょうね」

「現場に近いからな」

「長い鉄棒を持っていたら人目につきますが」

「簡単に組立てのできるような道具を使ったんだろうな」

AとKが、矢印の岩の向きを変えたとする。しかしあとからやってきた本条が、その矢印を信じて岩場を下って迷うとはかぎらない、と伏見は疑問を口にした。

「おれもそれを考えた。本条を迷わせようとした彼らには、迷わせることのできる自信があったんじゃないかな？」

「岩を動かしただけでなくて、もう一つ手を使ったというわけですね？」

「そうだ。本条が矢印どおりに確実に進む方法をとったと思うな」

それがどんな方法かは分からないが、本条は仕掛けどおりに進み、やがて死ぬことになったのだ。

道原は四賀課長の許可を得て、伏見を連れて外出した。赤尾杏子の同僚や友人にあたるためだ。

彼女は、東京に本社のある旅行代理店の松本支社に勤務していた。支社に転勤して一年半後、立山へ登って行方不明になったのだった。

彼女が勤めていた支社は、市内の中心地のビルにあった。

壁に水着の若い女性のポスターが何枚も貼(は)ってあり、その背景は、ハワイと、バリ島とオーストラリアだった。

カウンターに女性が三人並んで、客と話していた。一組の客はカップルで、頬を寄せ合って話していた。

支社長が、小振りの応接セットに二人の刑事を招いた。

支社長は、杏子の仕事振りをほめ、失ったことを悔んだ。彼女は本社にいたが、松本支社勤務を希望したということだった。

杏子の私生活については把握していなかったという支社長に、彼女と仲のよかった同僚を呼んでもらった。

花塚(はなづか)という二十六、七歳の同僚と、外の喫茶店で会うことになった。

花塚は薄緑色のユニホームの上にセーターを着てやってきた。杏子よりも入社が一年先だったという。

「わたしは赤尾さんと気が合って、同じ日に休みを取って、上高地や白馬へ一緒に行きました。彼女に登山を勧められましたが、自信がなかったので断わりました」

彼女はセーターの襟元を押さえて話した。

道原は、杏子の遭難には不審な点がいくつかあるといい、彼女が立山登山に出発する直前あたりに、なにか変わった面はみられなかったかと尋ねた。

花塚は、瞳を動かして考えていたが、杏子が山で行方不明になる二か月あまり前、三日ほど欠勤した。東京の実家に用事があったようだが、それ以外に普段と変わったことはなかったと思うといった。

「実家へ行ってくるのに、三日ほど休んだんですね？」

「たしかご実家へ行ってくるといっていました」

「帰ってきてからは？」

「それまでと変わっている点はなかったような気がします」

すでに一年あまり経過している。記憶も薄れているのではなかろうか。

花塚は、芝本の訪問を受け、杏子と一緒に死んでいた古岩という男に心当たりはないかときかれたといった。

「心当たりがありましたか？」

「いいえ。わたしは、赤尾さんが芝本さんという男性とお付き合いしていたことすら知りませんでした。好きな方がいるのではないかと、薄々感じてはいましたが」

杏子は、芝本の存在を誰にも話していなかったのだろうか。

「赤尾さんの個人的なことでしたら、わたしより小松さんという女性のほうが詳しいのではないでしょうか」

小松という女性は、安曇村役場の職員だった。芝本が会っている女性で、道原のノートにも控えてあった。

「芝本さんは、細かく当たっていたんですね」

喫茶店を出ると伏見がいった。彼より芝本のほうが一つ歳上だから、敬称をつけて呼んでいる。

「恋人が男と一緒に死んでいて、所轄署員に、心中の可能性もあるといわれたんだ。当然だが芝本君は杏子さんを信じていたから、心中なんて考えられないといって、調べたんだよ」

「夫婦でも恋人でも、心中だったなんていわれたら、誰だってショックを受けますね」

「もし、君の好きな人がそんな死に方をしたら、芝本君のように、恋人の身辺を調べるか?」

「死んでから、その人のことを知ってもしようがないと思いながら、一方では気がすまなくて調べるんじゃないでしょうか」

「調べた結果、ほんとうに心中だったら？」

「しばらく仕事にも手がつかなくなるでしょうね」

伏見の運転する車は、島々にある安曇村役場の庭に入った。

14

観光課勤務の小松という女性はすぐに出てきた。目が大きくて愛嬌のある顔立ちだった。彼女は杏子と同じ歳ぐらいではないか。

彼女とは、ホワイトボードのある小会議室で向かい合った。

「赤尾さんとは、一昨年の五月、村営アルペンホテルで知り合いました」

小松は、臨時にアルペンホテルを手伝いに行っていた。そこへ杏子が客として泊まった。夕食後、消灯までの時間、二人は上高地の話をし、親しくなったのだという。杏子は松本支社に赴任して間もないころだった。

小松も山をやる。たがいに連絡し合って、蝶ケ岳や常念岳、それから西穂高にも一緒に登った仲だったという。

彼女は、杏子から芝本のことをきいていたといった。

「諏訪署にお勤めの方ときいていました。芝本さんとお会いしたのは、今年の五月ごろです。赤尾さんと同じ場所から発見された男の人のことをきかれました」

「それは古岩さんという三十六歳の男性ですが、赤尾さんとは知り合いだったんでしょうか?」

「わたしには分かりません。四月、赤尾さんが男性と一緒に発見されたときいたときは、びっくりしました。新聞には、赤尾さんとその男性は一緒に山に登っていて、雪崩に遭ったらしいと書いてありました」

「あなたは、赤尾さんが立山へ行くことを事前に知っていましたか?」

道原がきいた。

「赤尾さんから電話があって、『彼が行けなくなったので、一人で登る』といっていました。行方不明になったというのも、新聞で知り、無事でいることを毎日祈っていました」

彼女は声を落とした。

「赤尾さんと古岩さんは、心中ではないかという見方がありますが?」

「芝本さんはそれを気にしていましたが、わたしは、あるいはと思っています」

小松は意外なことをいった。

「あなたには、思い当たるふしがあるんですね？」

「去年の夏ごろだったでしょうか、赤尾さんはなにかで悩んでいるようでした」

「悩んでいると、あなたに話したんですね？」

「困ったことがあるといっていました。わたしに相談できることだったら話してといいましたら、『ありがとう』といいましたが、悩みの内容は話してくれませんでした」

「あなたには見当はつかなかった？」

「まったく分かりませんでした。赤尾さんが雪の中から男の人と一緒に発見されたのを知って、彼女の悩みは男の人とのことだったのかと思いました。わたしの勝手な思い込みだったんでしょうか？」

「いや、じつはそうだったかもしれない。あなたはご自分の推測を、芝本に話しましたか？」

「いいえ。赤尾さんがなにかで悩んでいたようでしたとは話しましたが、それ以上は」

「赤尾さんは、去年の八月、三日ほど会社を休んでいます。彼女が悩んでいたのは、そのころですか？」

「八月……。もう少し前だったような記憶がありますが、正確には覚えていません」

杏子は、芝本と古岩の三角関係で悩んでいたのだろうか。古岩にはサチという恋人がいたことを考えると、杏子の苦悩はべつなことだったように思われる。それと、杏子のアドレスノートには古岩の名は認められなかったという。古岩のほうにも杏子の名は載っていなかった。

道原は署に戻ると、芝本を呼んだ。

「杏子さんは、去年の夏ごろから、なにか悩みを抱えていたらしい。君は彼女の変化に気づかなかったか？」

「気づきませんでした。彼女はなにも相談してくれませんでしたし」

「君たちは、ときどき会っていたんだろ？」

「八月から十月の間は忙しくて、月に一度ぐらいしか会えませんでした」

「そういう君に、悩みごとを相談するのが悪いと思っていたのかな？」

「ぼくには相談できないことだったんじゃないでしょうか？」

「君に話せないというと？」

「たとえば、犯罪に関係してしまったとか」

芝本が警察官でなかったら話せたのではないかという。

杏子がもし、べつの男性とのことで悩んでいたとしても、芝本には話せなかっただろう。

彼女の苦悩を、家族は知っていたろうか。

道原は、きのう東京で会った赤尾夫婦の顔を思い出した。二人の口は固く、何度訪ねてみてもほんとうの話はきけないような気がする。

芝本がいうように、杏子は犯罪に関係した。それで両親は彼を拒否したし、道原にも真実を話そうとしなかったのか。

彼女がなにをやったかを知る者は、この世にかならずいるはずだ。その人間にたどり着ければ、彼女がなぜ雪の下で死んでいたのかも解明されそうだ。

上市署の広島刑事がやってきた。

電話できいていた感じでは、道原と同年ぐらいかと思っていたが、五つ下の四十一だという。濃い髪に白髪がまじっていた。

上市署では、道原の報告を受けて、赤尾杏子と古岩吾郎の遭難死を見直す必要があるのではないかと協議したと彼はいった。

道原はあらためて、杏子の両親に会った印象と、古岩の妻の話を詳しく説明した。

東鎌尾根で死んだ本条真介が、二冊の通帳に分けて四百七十万円の預金を持っていたことも話した。

「会社員の二人が、妻に内緒でそれだけの金を持っていた点は、疑う必要がありますね」

広島はメモを取りながらいった。

「私の推測では、二人とも五百万円ぐらいの現金を手に入れたようです。使った金額の推定から計算した額です」

「本条と古岩は関係がありましたか？」

「それがまったく分かりません。いまのところ無関係のようです」

「まとまった額の現金を手に入れた時期も違っていますね？」

「ほぼ一年の差があります」

道原がノートを見て答えた。

「五百万円というと、どんなことが考えられますか？」

「本条が妻に話していたことから類推すると、なにかの仲介料のように思われますが、それも想像の域を出ていません。なにしろ妻は夫に預金のあったことを知らなかったんですから」

「本条と古岩は、金が必要になったので、会社や家族に内緒でアルバイトをしたのか、思いがけない金が入ったので、贅沢な物を買ったり、遊んだのか、どちらだと道原さんはみておられますか？」

「私は後者だと思います。二人に共通している点は、金が入る前は、いたって平凡なサラリーマンでした。普段の生活に余裕もなかったようです。古岩の場合は、たまにバーへ飲みに行くことはありましたが、頻繁に行くようになり、若いホステスが好きになって、その女性のいる店へ通うようになったのは、金を手にしたからです。彼の収入では、好きになったホステスに、毎月十万円なんて、とても渡せません」

道原の話をきいて広島は、額に手を当てて考えていたが、

「古岩の妻は、どんな女性でしたか？」

ときいた。

「いかにもサラリーマンの妻らしい、地味な感じの人でした」

道原は、彼女と子供の二人暮しの公営マンションを思い出した。そこは駅から徒歩で二、三分を要した。

「夫の古岩に好きな女性ができ、彼は離婚まで考えていたとしたら、妻は穏やかではなかったでしょうね？」

「それはそうでしょう。妻は、少しでも生活を援けようと、子供がいながら勤めていました。結婚して約十年たちました。夫は真面目に働いていたと思っていたら、若いホステスに心を移し、妻と別れることまで考えていた。普通の妻なら、安心して生活していられな

いといって、泣いて騒ぐでしょうね」

「夫の素行をめぐって、何度も悶着が起きたんじゃないでしょうか？」

「少なくとも、口論ぐらいはしたでしょうね？」

「外に女のできた夫を、いっそ殺してしまおうと考えたとしても、おかしくはないですね？」

「人によっては、そこまで思いつめるでしょうね」

「古岩の妻は、夫を見かぎっていたようでしたか？」

道原は広島に、人間の観察の能力を試されているような気がした。

古岩の妻は、彼に好きな女性ができたことを知って、小言を言うだけでなく、相手は、どこのどんな女性かと追及したようだ。彼は白状しなかった。妻に女性の存在を気づかれたが、彼はサチと別れようとはしなかった。妻にうるさくいわれれば、よけいにサチに執着していったのだろう。妻は口ぎたなく相手の女性を罵ったのではないか。妻の罵詈雑言をきくたびに、古岩はサチを哀れんだかもしれない。

広島のいいたいことが道原には呑み込めた。古岩の妻を疑ってみる必要があるのではないかと、広島はいっているのだった。

道原は、古岩の妻と杏子の身辺捜査をこちらにつづけさせてくれないかと提言した。

広島はうなずいた。上市署は、いったんは二人の死を、事故とみて処理したから譲らないわけにはいかなかったのだろう。

広島は、小さなバッグを提げて帰った。

道原は自分の捜査を反省した。彼は、古岩の勤務先だった安田機械を訪ねて、古岩と親しかった同僚に会い、サチの話をきいた。

サチに会い、古岩の金遣いを知った。本条真介が妻に隠して預金を持っていたことが先に分かっていたから、あるいは古岩の金も同じところから得たものではないかという先入観を持ってしまった。

そのときの道原の頭には、本条の預金と古岩が使った金のことで一杯になっていた。だから古岩の妻を観察する目が濁っていたようだ。

彼は四賀課長に、もう一度古岩の妻を訪ねたいと進言した。

「細君が夫に殺意を抱いたとしても不思議じゃないが、古岩がどこからか金を手に入れたことは確かだよ」

「妻の工作ということも……」

「工作？」

「金は妻のカムフラージュで、金の出所(でどころ)から殺されたように見せかけたということも考えられます。広島さんに、妻を疑ったかと指摘されなかったら、私はそこに気づきませんでした」

「細君が、遭難に見せかけて夫の古岩を殺したんじゃないかというんだね？」

「あるいはと……」

「じゃ、赤尾杏子と一緒に死んでいたのは、どうしたんだと思う？」

「古岩は突き落とされるかして死んだとします。彼女のほうは、雪崩に巻き込まれて斜面を滑り落ち、偶然に古岩の死骸と一緒になった。……彼女が死んでいる場所へ、彼が転落したという逆のケースも考えられます」

「広い山の中で、そんな偶然があるだろうか？」

課長は首を傾げて、窓辺に立った。天気の変わる前兆か、雲が東へ走っていた。

「古岩の細君を疑ってみる必要はあるが、赤尾杏子が雪崩に遭って、二人の遺体が重なり合ったという見方はどうかね。彼女の両親の頑な態度もへんだし、彼女が悩みを持っていたらしい点も引っかかるじゃないか」

今度の出張には伏見を連れて行くようにと、課長は背中を向けたままいった。

15

「百名山」踏破をめざしている堺川理三は、きのう焼岳に登ったと地元新聞に出ていた。
焼岳（二四五五メートル）は、硫黄岳ともいう。信州・安曇村と飛騨・上宝村との境で、乗鞍火山帯に属し、活動をつづけている代表的な鐘状火山だ。

活動記録は百回を超え、古いものでは天正十三（一五八五）年、安政五（一八五八）年などで、いずれも飛騨側の諸村に被害をおよぼした。明治四十四（一九一一）年には年間、二十二回もの小爆発を記録し、さらに大正四（一九一五）年の大爆発では、東側斜面を流れ出した泥流が梓川をせきとめ、大正池をつくったのだった。その後、昭和三十七（一九六二）年の爆発では、松本平にまで火山灰を降らせている。

「日本百名山」は焼岳をこう書いている。

「島々からバスで上高地に入ろうとする時、釜トンネルを抜けると不意に眼の前に、あたかもこれから展開する山岳大伽藍の衛兵のように、突っ立っているのが焼岳である。よく知っている風景とは承知しながらも、いつも私はここで、初めての景色に出あうような新鮮な驚きを感じるのは、どうしたわけであろうか」

堺川に同行した記者は、上高地から中尾峠に登り着いた堺川は、岐阜県側の蒲田川の陥没を越えて眼前に展がる、錫杖、笠、抜戸の峻峰を見て声を上げたと書いていた。道原はこの記事を読んで、堺川という人は根っからの山好きなのだと思った。

焼岳は日帰りだった。堺川はこのあと、彼にとっては九十九番目の槍ケ岳へつづけて登り、最終目的の奥穂高岳へ登り、百名山達成を祝うのだろうか。

同行記者は、堺川の体調は万全で、足取りも軽やかだったと書いていた。

道原と伏見は、東京で古岩吾郎の妻昌子の勤務先を訪ねた。そこは足立区の運輸会社で、彼女は従業員食堂で働いていた。

人事担当者に、彼女は社員かときくと、臨時雇いだが、すでに三年間勤めているという。

彼女の去年の出勤簿を見せてもらった。

古岩が立山登山に出掛け、行方不明になったのは十月だった。彼女が会社を休んだのは、夫が行方不明になったあとだった。したがって、好きな女性ができた夫を恨んだ妻が、夫の山行を利用して遭難に見せかけて殺害したのではないかという推測は当たっていなかった。

だが昌子には、夫が山で行方不明になってから、不倫の関係のできた男性がいるという噂があることが分かった。

道原らは、その噂を手繰った。

彼女と親密な関係にある男性は、葛飾区内の鉄鋼材販売会社の社長であるのを知っている人がいた。

刑事にその情報を提供した人は、彼女が運輸会社に勤める前の勤務先である生命保険会社の同僚だった。

昌子は保険会社で外務員をしていた。営業成績はまず普通といったところだったが、ある日、抜群の成績を挙げた。かねて通っていた鉄鋼材販売会社の社長と多額の保険契約が成立した。同僚の外務員は彼女の挙績をうらやんだだけでなく、昌子と社長の仲を疑った。

彼女が夜、社長の車に同乗しているのを目撃したという人もいて、彼女が勤めていた支社では評判が立った。

その噂と、陰口を気にしてか、彼女は保険会社をやめたのだった。

彼女と社長の関係が真実なら、古岩が山で行方不明になる前に、彼女は社長と不倫の間柄になっていたことになる。

昌子はこの前道原に、夫は三百二十万円の現金を隠していたと語った。サラリーマンにとっては大金を隠し持っていた古岩はたしかに怪しい。それに彼にはサチという恋人がいて、月々十万円ずつ渡しており、彼女のいるクラブへしばしば飲みにも行っていた。本条の件があるから道原は、古岩もなにかをやって五百万円ぐらいを手に入れたのではないかと思い込んだ。

古岩が隠していた三百二十万円を、昌子は貯金し、手をつけていないといったが、その通帳を見たわけではない。

昌子は、夫が怪しいことをやっていて、それがもとで殺されたように見せかけるための工作をしたとも考えられる。

今回の捜査で分かったことは、昌子は鉄鋼材販売会社の社長と親密だという噂のある女性だった。いままで彼女に持っていた印象が一変した。

「昌子は、実際に三百二十万円を貯金したと思うか？」

道原は伏見にきいた。

「しているでしょうね。彼女が自分から話したことですし、刑事に通帳を見せてくれといわれたら、見せないわけにはいかないでしょう」

「通帳があったとしても、それが古岩の隠していた金か、彼女の工作かの見分けはつかないな」

いずれにしろ彼女は夫の古岩を殺してはいない。彼女は夫が邪魔になって、誰かに夫殺しをやらせていればべつであるが。

もう一度、昌子に会うことにした。

道原と伏見が足立区の公営マンションを訪ねたのは、この前とほぼ同じ時間だった。

彼女は、夕食後の洗い物をしていたらしく、エプロンを手にして玄関に出てきた。

刑事が再度訪問したからか、この前よりも緊張した表情だった。

彼女は、道原の後ろにいる伏見を警戒するような目つきをした。この前とはべつの刑事だったからだろうか。

小学生の男の子は、キッチンの椅子を立つと、ふすまの向こうへ姿を消し、テレビをつけた。顔色がよくないし、暗い目をした子供だった。

「先日おじゃましたあと、ずっとあなたの話を考えていました」

道原がいうと、お茶を淹れて椅子に掛けた昌子は、瞳を落着きなく動かした。

「古岩さんは、以前よりも外でお酒を飲む機会が多くなったし、帰宅が朝方になる日もあったということでしたね？」

「はい」

「つまり金遣いが荒くなったわけです。それを知ったあなたは、古岩さんがなぜそんなにお金を遣えるようになったのかを疑ったはずですが？」

「主人は、取引先の接待が多くなったの一点張りでした」

「あなたは、古岩さんに好きな女性ができたことも勘づかれましたね。それと取引先の接待とは無関係です。古岩さんが女性のところへ行ったりすれば、お金が要ります。そのお金をどうしているのか、奥さんなら気になって、きき質すはずですが？」

「それをききましたが、主人は答えてくれませんでした」

「そこが私には納得できない。……あなたは、ご主人がどういう方法でまとまったお金を手に入れたのかを、知っていたんじゃありませんか？」

「知りませんでした」

彼女は首を横に振ったが、強く否定しているようには見えなかった。

「ご主人が隠していた現金を、郵便局に入れたということでしたね？」

「入れました」

「あなたを疑っているようで失礼ですが、その貯金通帳を見せてくれませんか？」

彼女は目を伏せていたが、顔を上げた。二人の刑事の肚の中を読むような表情だった。

彼女は隣室から、斜線でデザインした貯金通帳を持ってきて、道原の顔を見ながらテーブルに置いた。

入金は去年の十一月半ばで、「新規」となっていて三百二十万円が打ち込まれていた。先日彼女がいったように、入金したまま引き出しの記入はなかった。

通帳がなくてもカードで引き出すことはできる。だから記入の残高がそのままあるとはかぎらないが、三百二十万円が手つかずのままであるのを信じることにした。

なお、昌子の身辺を調べているうち、彼女から悩みをきいた友人が分かった。昌子の苦悩は、夫が山行に出て行方不明になったり、遺体で発見されたことではなかった。

昌子が友人に悩みを訴えたのは、二年も前だった。

彼女と親密な間柄になった鉄鋼材販売会社の社長の妻が、彼女をある場所へ呼び出し、円満だった夫婦関係に亀裂を生じさせ、家庭を崩壊寸前に陥れ、夫が社長として事業に身を入れなくなったのは、昌子に原因があると迫まった。もし離婚にまで発展したら、裁判に訴えて慰謝料を要求するともいわれたという。

この話をきいて道原は、古岩とサチの関係を思った。昌子は、夫に好きな女性がいるのを知ったが、彼女は夫を追及して、サチの存在をきき出し、サチを責めたりはしていなかった。それは自分に後暗いところがあったからか。

古岩は、妻の行状に気づいていたのではないか。そうでなかったら、朝方の帰宅がたびたびだったり、日曜のたびに出掛けたりはできなかったと思う。

道原は昌子の友人に、彼女と社長の関係はどうなったのかときいた。

いまもつづいているらしいと友人は答えた。

初めは、保険の成績を挙げたさに、社長とからだの関係を結んだが、たびたび会ううち、二人の恋愛感情が高揚し、離れられなくなったようだという。

社長の妻はその後、昌子に夫との離別を迫ったり、裁判に訴える意思を失くしたのだろうか。それとも、騒ぎ立てて妻の座を開け渡さないほうが得と思い直し、忍耐の日を送っているのだろうか。

道原は、初めて昌子を訪ねたときを思い出した。古くなった公営マンションに小学生の子供とひっそりと暮している彼女に、哀れみを感じたものだった。地味で控え目な彼女に好感も抱いたが、いまは裏切りに遭った気分である。だがそれを、伏見には話さなかった。

16

道原と伏見は、赤尾杏子の兄に会うため、新宿駅を降りた。杏子の兄は、高校教師だ。その学校が渋谷区代々木にある。

西口に出、デパートに沿って左折した。道原は信号を見ていたが、伏見が、

「朋恵ちゃんじゃないか」

と、やや高い声を出した。

道原は、伏見の視線の延長を追った。

「ああ、朋恵ちゃん」

道原もいった。

朋恵は、成田空港行きリムジンバス乗り場に立っていた。

二人に声を掛けられて、彼女は丸い目をした。くすんだ緑色のスーツが、長身の彼女によく似合っていた。近づいて見ると、その生地は上質だった。金色のイヤリングを吊り、手首でも金色の輪が光っていた。

彼女は、「まあ」というように口を開けた。その唇は真っ赤だった。

朋恵は、豊科署の刑事課では最年少の刑事・宮坂の妹である。

去年の夏、署に一通の封書が舞い込んだ。宛名は「豊科警察署様」となっていた。

道原は次長からこの手紙を見せられ、中身を読んで唖然とした。「宮坂刑事の妹は、「変態教室」というＡＶに出演している」とあったからだ。

兄の宮坂は署に黙っていたが、朋恵は家出していたのだった。

投書によってそれが署の幹部の知るところとなった。

投書した人間は、アダルトビデオを観、「涼風マリ」という出演女優が朋恵であるのを知ったのだろう。

世間に知れ渡っては具合の悪いことだった。まして宮坂も両親も、末の妹も朋恵の居所を知らなかった。

朋恵は、高校生のころから、器量よしで知られていた。その娘が家出し、ＡＶに出ていることなど、道原は想像もしなかった。

投書を受け取った署は、道原に善後策を委ねた。

宮坂は、東京にいるらしい朋恵を、草の根を分けてもさがし出すといったが、彼女の居所の捜索を道原がやることにした。一般署員には内緒でだった。

道原は、彼女をさがし当て、穂高町の実家に連れ戻した。だが、その年の冬、東京で彼女が親しくしていたことのある男が、北アルプスで殺されるという事件が起きた。

この事件は解決をみたが、道原は高校生のころまでしか知らなかった朋恵の変貌に驚かされたものだった。

署の幹部も道原も、宮坂の妹が家出したことも、ＡＶ女優をしていたことも、かつて親しかった男が山で殺されたことも、一般署員には話していなかった。宮坂は、警察官をやめるといったのだが、朋恵が犯罪にかかわったわけではなかったから、慰留したのである。

宮坂はいまも刑事として勤務している。

いったんは実家に帰った朋恵だったが、また東京にいるのか。

それを、成田空港行きのバス停に立っている朋恵にきいた。

「はい」

彼女は照れ臭そうに答えた。

「海外へでも行くの？」

伏見がきいた。

「いいえ」

朋恵は、赤い唇のあいだに白い歯並みを見せた。

彼女は、黒いバッグを肩から垂らしているだけだった。彼女の前に並んでいる五、六人は重そうなハードケースに手を掛けていた。

「仕事？」

伏見はきいた。

「ええ。まあ……」

彼女の答えは曖昧（あいまい）だった。去年の一件があるからか、彼女は道原を気にするような目つきをした。

大型バスがやってきた。

「失礼します」

彼女は腰を折った。

信号を渡ってから、道原は成田空港行きのバスを振り返った。

座席にいる朋恵は、道路を横断する彼らを見ていたらしく、道原に頭を下げた。彼女は、二人に偶然に会ったのが気まずそうだった。

「朋恵ちゃんは、東京でどんな仕事をしているんでしょうね？」

伏見は歩きながらいった。彼は、彼女の過去を知らない署員の一人である。

まさかAV女優はしていないだろう。だが、いま着ていた洋服やバッグは、二十歳の女性が買える物ではないような気がした。

赤尾杏子の兄は、英語の教師だった。ひょろと背が高く、白い顔にメガネを掛けていた。

あらかじめ電話で連絡しておいたのだが、中庭に出てきた彼は、

「どんなご用ですか？」

と、神経質そうな目つきをした。彼は二十八歳だが独身だと芝本からきいている。両親

と同居しているのだから、先日、道原が両親に会って質問した内容を承知しているはずである。芝本が単独で母親を訪ねたこともきいているだろう。

「杏子さんは、去年の夏ごろ、ひどく悩んでいたことが分かりました。なにがあったのか、あなたはご存じでしょうね？」

道原は、兄の光ったメガネを見てきいた。

「杏子が、そんなようすを見せたことはありません」

「私たちに、ご両親は杏子さんのことでなにか隠しているようです」

「どこの家庭にも、人にいえないことはあるはずです。それは私の家の事情であって、杏子が山で遭難したこととは無関係だと思います」

「無関係だと、どうして分かるんですか？」

「客観的に判断してです」

「客観的といわれるが、あなたとご両親が判断してのことですね？」

「それはそうです。私の家のことですから」

「なぜそれを、私たちには話してもらえないんですか。警察官だからですか？」

「どちらの方にもです。警察にも、刑事さんのご家庭にも、他人に話したくない事情というものはあるでしょ」

彼は苛ついているような顔をして、目を逸らせた。

「犯罪に関係しているようなことではないでしょうね。ご両親とお話をして、もしそうだったら、早目に相談してください。私たちは、あなたの家庭の内情を知ろうというのではありませんよ。杏子さんが、不本意にも犯罪にかかわってしまったのではないかと、それを私たちは気にかけているんです」

兄の顳顬が痙攣したのを、道原は目に灼きつけた。

邪魔をしてすまなかったと、頭を下げると、兄は校舎の屋上に舞い下りた鳩の群れを見上げて無言だった。

「おやじさんのいったことが、図星だったようですね」

校門を出ると伏見がいった。彼は一年ほど前から道原を「おやじさん」と呼んでいる。

「話してくれればいいのにな」

「家族が黙っていれば、知れることはないと思っているんでしょうね」

鳩の群れが、上空を旋回してビルの陰に消えて行った。

17

何者かの手によって動かされた赤い矢印の岩の下から見つかった、四点の奇妙な物を分析した結果、白いビニールシートは、どこでも手に入れることのできる物だった。一般家庭で、床に水がしみないようにと使う場合もあり、建設工事の現場では材料を雨に濡(ぬ)らさないために使っている。

白いナイロンロープも、ごく一般的な物で、登山者が携行してもおかしくはなかった。

白いナイロン糸で編まれたネットは、ウェアの裏につけている物ではなく、家庭で使用する洗濯機用ネットだということが分かった。

洗濯機用ネットの切れ端が、なぜ山中に落ちていたのか。

ナイロン製ネットは、洗濯機に揉(も)まれても、容易に破損しないので、登山者が物入れに用いたのではないかと考えられた。が、それがちぎれて岩の下に貼りついていたのは妙である。

最後に、なんの切れ端なのか分からない物は、赤茶色のゴムだった。円形の物だったらしいところから、ネジなどを締めつける場合に用いるパッキングではないかという見方もできた。パッキングだったとしたら、工業用品だ。登山用具をあれこれ考えてみたが、似たような物を使う道具は見当たらなかった。

署員が首を傾げるのは、以上の四点が、一つの岩の下敷になっていたことである。

矢印の岩は二つあったが、下ったほうの岩の下からは、なにも見つかっていなかった。もっとも岩を空中に吊り上げて、下側を点検したわけではない。岩の周りから見える範囲には、人工的な物はなかったということだ。

奇妙な物の四点は、稜線に近いほうの岩の下にのみ集中していた。

雨水などによって流れ込んだ物なら、岩と地面のすき間に入っていそうなものだが、四点とも地面に密着した部分から見つかった。このことから、岩を動かすさい使われた物ではないかと判断したが、さてどういう方法で、岩の向きを変えたのかを判断することはできなかった。

四点の残留物が、きわめて特殊な物だと、それを使用する業種などに捜査の手を伸ばすことが可能だが、どこの家庭にもある物だと、犯人像を絞り込むことがむずかしい。

四点を分析中に、もう一つ、これも妙としかいいようのないことが分かった。ビニールシートの切れ端と、ナイロンネットの切れ端と、ゴム片に、ゲル状（寒天やゼラチンのようにコロイド溶液がゼリー状に固まったもの）の物が付着していた。特に、ビニールシートとナイロンネットには、それが万遍なくついていた。ゲル状の物体がなんであるかを、科学警察研究所に送って、検べてもらったところ、ジイソプロパノールアミン、エデト酸塩、パラベン、イソプロピルメチルフェノルに香料を混入したもので、水溶性の整髪料だと回答してきた。

「なにっ、整髪料だって……」

牛山がいった。

「なぜ、整髪料がこんな物にくっついているんだ?」

伏見がいう。

「整髪料って、びんに入ったやつか?」

四賀課長は自分が使っている物だといって、テーブルの引き出しから四角いびんを取り出した。

「いまの若者は、そんなんじゃなくて、もっと高いゼリー状のを使っていますよ」

牛山がいうと、宮坂が、

「ぼくはチューブ入りのを使っています」といって、ロッカーに入れたバッグから青いチューブを取り出してきた。

課長は栓を取った。

「いい匂(にお)いがするな」

「スタイリングジェルっていうんです」

課長はチューブを絞った。薄いアメ色のゼリー状で、ぬるぬるしている。

「美容院か、理髪店で使った物を山へ持ってきたのかな?」

課長は、掌の匂いを嗅いでいる。

「岩の向きを変えたのは、理髪店関係者かな?」

牛山が、ナイロンネットや、ビニールシートを撮った写真を手にした。

「整髪料メーカーの関係者ということも考えられるな」

伏見も写真をのぞいた。

伏見の横で芝本は彼らの会話をきいている。

岩の下から見つかった四点の写真を、整髪料を製造している代表的な化粧品会社へ送ることにした。整髪料製造現場で使用している物の切れ端かどうかを照会するのだった。

「岩を動かすために、使ったんじゃないでしょうか?」

芝本が自信なさそうにいった。

「岩を動かすため?」

課長が芝本のほうを向いた。

「ビニールシートに整髪料を塗れば、表面がぬるぬるします」

「こんな物を塗っただけで、一トン以上もある岩は動かせないよ」

「岩とビニールシートのあいだになにかを入れ、岩を動かしたんじゃないでしょうか？」

「ナイロンネットを敷いたって、岩の重量に押し潰されるだけだろ」

「ぼくは、ナイロンネットは、なにかを包むためだったと思います」

「ジャッキでも包んだのかな？」

「ジャッキではないでしょうね」

岩を動かすには、少しでも浮き上がらせなくてはだめだったろう。

課長は、透明のビニール袋の上へ、宮坂の整髪料を絞って垂らし、その上に鉄の文鎮を置いた。

「ぬるぬるしているから、滑りやすいな」

宮坂は、自分の整髪料の減るのを気にしているような顔をした。

「少し水を混ぜると、もっと滑るんじゃないでしょうか？」

芝本だ。

「なぜだ？」

課長がきいた。

「ぼくのには、軽く湿めらせた髪に整髪料を塗ると、よくのびると書いてあります」

「君もこういうゼリー状のを使っているのか?」

課長は、長身の芝本の頭を見てきいた。

「ぼくのは、四角い容器に入っていますが、中身はチューブ入りのと同じようなものです」

課長は、ビニール袋の上に水を点々と垂らし、また宮坂の整髪料を絞った。

「なるほど、水を混ぜたほうがよく滑る」

まるで面白がってやっているようだった。

岩を滑りやすくするために市販の整髪料をビニールシートに塗ったらしいことは分かったが、その前にどんな方法で岩の下にシートを敷いたかは謎だった。

伏見に呼ばれて、山岳救助隊の小室が刑事課に入ってきて、課長の説明をきいた。だが、岩の下にシートをどうやって敷いたかについては、首をひねるだけだった。

「整髪料で、あの重い岩を動かしたのだとしたら、なんだかからかわれているみたいですね」

小室の感想だ。

「宮坂のは、いくらだった?」

課長がきいた。

「二千円です」

宮坂は、チューブをポケットにしまった。

「芝本のも、同じ値段か？」

「ぼくのは、二千二百円でした」

「岩を動かすのに、整髪料を何本使ったか知らんが、大して金は掛けていない。登山者が一人迷って死んだというのに、腹が立つな」

課長は自分のテーブルの上で小さな実験を試みたビニール袋を丸めて、ゴミ籠に投げ込んだ。

道原は、宮坂を小会議室に呼んだ。

「朋恵ちゃんは、どうしている？」

「また、東京へ行きました」

「私が連れ戻したあと、松本の印刷会社に勤めていたじゃないか」

「印刷会社を八月にやめました」

宮坂は悪いことをしたように、下を向いた。

「東京の住所は分かっているんだろうな？」

「今度は、家出じゃありません。中野区に住んでいます。母とはときどき電話し合っています」

「仕事はなにをしている？」

「モデルをやるといったものですから、反対しました。この前、母からきいた話ですと、化粧品の営業をやっているということでした」

「なんという化粧品会社に勤めているのか、きいているのか？」

「化粧品会社でなくて、人材派遣の会社からデパートなんかへ回されるということでした」

「ほんとうにその仕事をしているのかどうかを、君もご両親も、把握していないようだな」

「はい」

宮坂は首を引っ込めるようにした。

「昼間、新宿西口で、朋恵ちゃんに会ったんだ」

「えっ、新宿で……」

「住所が分かっているんならいいが、ちょっと気になるところがあったものでな」

「なんでしょうか？」

「朋恵ちゃんは、二十歳だったな？」

「そうです」

「着ている物や持ち物は、二十歳の娘には不相応だった。真面目な仕事をして、高収入を得ているんなら一向にかまわない。だからなにをしているのかってきいたんだ」

「朋恵は、そんなに派手な服装をしていましたか？」

「高級品を身につけていた。あんなにいい服を着ている女性は、この近辺にはいない」

「家へ帰ったら、朋恵に電話してみます。ご心配をお掛けして、すみません」

「お節介のようだが、彼女には気をつけたほうがいいぞ」

道原は、宮坂より先に椅子を立った。

刑事課へ戻ると、芝本だけが書類を読んでいた。

18

道原は、芝本を夕食に連れ出した。

行きつけの穂高駅近くのそば屋の二階へ上がった。

道原は、芝本の盃に燗酒を注いだ。

「きょう、杏子さんの兄さんに学校で会ってきた」

道原はいった。

「ぼくは会ったことはありますが、話したことはありません。どんな人でしたか？」

芝本は、酒を口に含んだ。

「冷たい感じのする男だった。私たちを快く思っていないようで、杏子さんのことを話してくれなかった」

「彼女になにかあったらしいようすでしたか？」

「ご両親と同じだ。私がみるところ、あの家族は彼女のことをなにか隠している」

「やっぱりそうですか」

「どこの家庭にも、人に話したくない事情があるものだ。それに踏み込まないでもらいたいというようなことをいっていた」

芝本は黙って酒を飲んでいたが、次の日、思いもよらない行動に出ることを、このとき道原は想像もしていなかった。

次の日の朝、道原が出勤すると、宿直だった牛山が、芝本から欠勤するという電話があったと伝えた。

「休む。この大事なときに……」

道原は眉を寄せた。

「欠勤の理由をいっていたか？」

「ただ、休ませてくださいといっただけです」

道原は、芝本のアパートへ電話を掛けた。不在らしかった。なんとなく嫌な予感がした。

五分ばかりすると、今度は宮坂から電話が入り、休ませてくれといった。

「どうしたんだ？」

道原がきいた。

「朋恵に会ってきます。事前に断わらなくてすみません」

宮坂は、東京へ向かう特急列車の中で、間もなく新宿に着くという。彼は、松本を六時三分に出る一番の特急に乗ったのだ。

「二人とも、しようがないな」

「二人ともって、もう一人は誰ですか？」

宮坂の電話には雑音がまじった。

「人のことは気にしなくていい。朋恵ちゃんに会って、もし前みたいなことをやっていたら、連れ戻すんだぞ」

「そのつもりです」

道原は、きのう宮坂に朋恵のことを話したのを後悔した。

宮坂はゆうべ帰宅して、東京の朋恵に電話したのだろう。彼女の話が気にくわなくて、けさ押しかけることにしたのではないか。

きのうの朋恵の顔と服装を思い出し、宮坂のことを考えていて、道原ははっとした。もしかしたら芝本も上京したのではないか。彼の行き先は杏子の実家ではないか。その想像が当たっていたとしたら、彼は杏子の父か母に会って、どうするつもりなのか。道原は、ゆうべ、芝本を呼んで話したことも後悔せずにいられなかった。

課長が出勤した。道原は、芝本と宮坂の欠勤を話し、きのう二人に話したことが欠勤の原因ではないかと思うといった。

「急な欠勤は警察官にあるまじきことだが、二人にとっては放っておけない問題なんだろう。一日ぐらいは大目に見てやろうじゃないか」

課長にしてはいやに寛大だった。

それから、三時間ほどたった。課長と道原は署長に呼ばれた。

「たったいま、東京の赤尾という男性から電話をもらった」

署長は渋い顔をして切り出した。

「赤尾……」

道原はつぶやいた。

「そちらの署の芝本という警官が突然訪ねてきて、娘のことをなぜ正直に話さないのか、話すまでは帰らないと居すわっている、っていうんだ。芝本を単独で東京へ行かせたんですか？」

「芝本のやつ」

課長は唇を嚙（か）んだ。

道原は、芝本と赤尾杏子の間柄と、これまでの経過を話した。

「事情がどうあれ、芝本が勝手な行動を取るのはまずい。すぐに呼び戻してくれ」

道原は自席に戻ると、赤尾家へ電話を入れた。

杏子の父親が出たので、道原は謝罪し、芝本に代わってもらった。

「勝手な真似をするな。おれはゆうべ、こんなことをしろなんていわなかったはずだ。君のやっていることは捜査じゃない」

「すみません。でも……」

「弁解なら署に帰ってからきこう」

「帰りません」

芝本はきっぱりといった。

「なにをいっている。いつまでもそんなことをしていると、所轄署にしょっ引かれるぞ」

「それでもかまいません。ゆうべ、さんざん考えてやったことです」

「署長命令だぞ。それをきかないとどうなるか分かるか」

「分かっています。免職も覚悟で出てきました。たとえ逮捕されても、動きません」

「じゃ、これからおれが連れに行く」

「きょう一日は放っといてください。欠勤したのですから」

芝本は一方的に電話を切ってしまった。

道原は捜査どころではなくなった。

「芝本がこんなことをする男だったとは思わなかった」

課長は頭を抱えた。

道原は、芝本を連れ戻しに行くといった。

「おやじさん。放っといてくれっていうんですから、そうしたらどうですか。彼には彼の考えがあるんですよ」

伏見が背後からいった。

「県警本部に知れたら、えらいことになるぞ」

課長はメガネをはずした。

「そういうことにならないように、課長は署長を説得してください。芝本さんは、迷惑を承知で、赤尾家へ乗り込んだんです。彼はそれだけ、彼女を思っていたんですよ」

「君は、芝本の彼女のことを知っていたのか？」

課長がきいた。

「課長もおやじさんも話してくれなかったけど、牛山もぼくも、芝本さんを毎日見ていて、今度のヤマとなにか関係があるなって思ったんです」

「芝本に直接きいたのか？」

「牛山と一緒にききました。ぼくが彼と同じ立場になったら、同じことをやったかもしれません」

伏見は、道原に向かって、

「おやじさん。芝本さんのために行かないでください。彼は断わって行きたかったと思います。でも、断わったら許可してもらえない。だから欠勤して、単独で行くしかなかったんです。きょう一日、彼を勝手さしてあげてくれませんか」

そういうと、課長のほうを向いて頭を下げた。

「どいつもこいつも……」

課長は伏見をにらみつけてから、メガネを手にして刑事課を出て行った。

上市署の広島刑事から電話が入って、去年の十月下旬、赤尾杏子が真砂岳で行方不明になった（雪崩に巻き込まれて死亡したと思われる）日の前日、室堂平にある雷鳥荘にSという男が宿泊した。その男は、住所を千葉市と記入しているが、その住所に該当がないことが判明した。そこで、本条真介が遭難死した日の前日、大天井ヒュッテとヒュッテ西岳に宿泊したが、宿泊カードの住所に該当のなかったAとKの筆跡を照合した結果、Aの筆跡とそっくりであることが分かったという。

上市署では、立山周辺の山小屋の宿泊者を洗ったのである。宿泊カードによると、Sは年齢を三十六歳と記入している。大天井ヒュッテに泊まったAは三十七歳になっていた。

「AとSは、同一人物とみられます」

広島はいった。

「赤尾杏子の遭難の日の前日と、本条真介の遭難の日の前日、偽名で山小屋に泊まった。この符合を疑うべきですね」

道原はいった。

広島は、Sの宿泊カードをファックスで送ってよこした。

「たしかにこの字のクセは、Aにそっくりですね」

「Sの相棒がいそうな気がしますが、いまのところ怪しい者は一人だけです」

「相棒は露営したんじゃないでしょうか？」

道原は、Sの宿泊カードの写しを手にしていった。

「露営だったとしたら、Sの相棒は登山経験を積んでいる者でしょうね」

登山経験はべつにして、キャンプやアウトドアスポーツに馴(な)れた者だろう。

Sが雷鳥荘を選んだのは、その日、杏子が宿泊したからに違いない。Sは山に登る彼女を、前夜から監視し、そして尾行していたのではないか。

こう考えると、彼女は雪崩に遭って雪に埋まったのではなく、Sまたは複数の手によって、雪崩に見せかけて殺されたのではないかと疑いたくなるのである。

彼女と一緒に死亡していた古岩吾郎は、標高二七〇〇メートル地点に建つ一ノ越(いちのこし)山荘に一泊し、翌日、行方を絶った。

上市署では当然、この山小屋の宿泊者全員に当たっているが、不審な人物や住所に該当のない人はいなかった。

本条は、妻の知らない預金を遺して死亡した。古岩は妻の話だと現金を遺して死んだ。この共通点から、二人は同じ人物の手にかかって死亡したようだ。

二人がまとまった金を手に入れたときから、殺される運命にあったのではないか。それではいったい、二人はなにをやって金を手に入れたのか。これさえ分かれば謎も事件も解決しそうだ。

19

夕方、芝本が道原に電話をよこした。

「きょうは勝手なことをして、すみませんでした」

「不退去か脅迫の罪で、所轄署へ連れて行かれたんじゃなさそうだな」

「はい。たったいま、赤尾家を出てきたところです」

「いままで粘っていたのか？」

「両親が、やっと吐きました」

「吐いた。どんなことを？」

「署に帰って、詳しくお話ししたいのですが、いいでしょうか？」

「いいに決まってるじゃないか。君が着くまで待っている。こちらから、赤尾さんに電話しなくていいのか？」

「その必要はありません。上市署には連絡しなくてはいけないでしょうが」

芝本が署に着いたのは、午後九時だった。

道原のほかに、課長も伏見も待っていた。

芝本の顔には疲労が出ていた。頰が少しこけ、目の周りが薄く隈どっている。

「杏子が立山で行方不明になったあと、彼女の両親と兄が松本へきて、彼女の部屋を点検しました。そのとき、デイパックの中に紙包みがあったので、それを開いたら、札束が出てきたといいました」

「いくら?」

道原がきいた。

「二百万円です」

「そのとき、君も一緒に、彼女の部屋を見たんじゃないのか?」

「ぼくが彼女の部屋へ着く前に、現金を発見したということです」

「家族は、その金をどうしたんだろう?」

「東京へ持ち帰り、そのままにしていたといって、見せてくれました」

「真券だろうね?」

「一万円札を一枚一枚確かめたわけじゃありませんが、本物であることは間違いないと思います」

「札は新しかったか?」

「古い札です」

「じゃ、本物だろうな」

課長がいった。

「三人はその現金を見て恐くなり、誰にもいわない約束をし合ったということです」

「君を避けているような態度は、そのためだったんだな」

道原は、杏子の両親と兄の顔を頭に浮かべた。もしも自分の娘の持ち物の中に、娘には不相応な札束を見つけたらどうするだろうかを思ってみた。すぐに犯罪を想像するだろうから、警察に相談することを躊躇(ちゅうちょ)するような気がする。娘が犯罪に関係していたとしたら、道原は退職しなくてはならない。それを考えたら、毎日妻と額を寄せ合って、どうしたらよいものかを、暗い表情で話すことだろう。

「杏子さんは、その金をいつ手に入れたと思う?」

「思い当たることといったら、去年の八月下旬だと、両親はいっています」

「そのとき、なにがあったんだ?」

「休暇を取って東京へ行き、実家に一泊したあと、成田空港へ行ったそうです」

「成田へ……」

　道原の頭に、宮坂の妹朋恵の顔が大写しになった。彼女は高級なスーツを着、高級ブランドのバッグを持ち、真赤な唇をしていた。その服装は、長身の彼女を引き立てていたが、年齢には不釣合いだった。朋恵は気まずそうな目をして、成田空港行きのリムジンバスに乗り込んだ。

「成田空港へ行った杏子さんは、帰りに実家に寄ったのか？」

「寄れないという電話があって、松本へ帰ったそうです」

「どんな用事で、成田空港へ行ったんだろう？」

「お母さんの記憶では、人からなにか頼まれたと杏子がいっていたようです。彼女は旅行会社勤務ですから、お母さんは、仕事に関係があるものと思っていたようです」

「杏子さんが誰かからあずかった金だったとしたら、あずけた人から家族に連絡があるはずだ。いまだにそれがないということは、その金は彼女のものとみていいな」

「彼女の部屋に残っていたのは二百万円だが、手に入れた金額はもっと多かったことが考えられるよ」

　課長がいった。

「ぼくは、最初から二百万円だったと思います」

芝本は、杏子は給料以外の収入を得て、その金を使うような女性ではないというのだ。

「杏子さんは、人からなにか頼まれた。それの礼として二百万円受け取ったということだろうか？」

道原は腕を組んだ。

課長は首を傾げた。

「二百万円の報酬は、ちょっと人にものを頼まれたにしては、多額すぎるね」

本条真介や古岩吾郎の場合とよく似ている。彼らはいったいなにをやって数百万円を得たのか。

「伝さん、私には三人がまともなことをやって収入を得たとは思えない」

「私も同じです。本条や古岩と違って、杏子さんは、たとえば犯罪の片棒をかつがされたと気づいたので、受け取った金に手をつけなかったんじゃないでしょうか？」

「そんな気がするねえ。だけど、違法なことをやっての報酬だと分かったら、相手に金を返せばよかったと思うが？」

「返せなかったんじゃないでしょうか？」

「なぜ？」

「返せば、相手は、犯罪を見抜かれたと判断するでしょう。だから、あらためて接触することを避けていたんじゃないでしょうか？」

「そうか。彼女は、受け取った金を返そうとしていた。相手は支払った金だから受け取る必要はないし、彼女に犯罪を気づかれた。それで殺されたことも考えられるね」

「本条と古岩が持っていた金も、出所は同じだった可能性がありますね」

「たぶん同じだろう。杏子さんと違うところは、本条と古岩は、金を返そうとしないで、使った点だ」

「返す意思はなかったが、犯罪の報酬であると気づいた点は同じでしょうね」

「それで、犯罪に関係した三人は殺されたんだろうが、三人とも山登りをしていた。だから登山中を狙われた。この共通点はなんだろうね？」

「私はこうみています。犯人は、最初から山をやる人間になにかをやらせようと狙っていたんじゃないでしょうか？」

「山登りの経験がないと、やれないことをやらせたのかな？」

「登山経験を活かす。……いったいどんなことでしょうね？」

道原はそういったが、杏子が去年の八月下旬、人からなにかを頼まれて、成田空港へ行った点が気にかかった。

「成田空港で思いついたが、宮坂君はどうしたかな？」

ました」

「朝も、夕方も電話がありましたが、朋恵がいないものですから、帰りを待つといってい

「朋恵ちゃんには、会えたんでしょうね？」

母親が応じ、まだ帰ってこないといった。

道原は、宮坂の自宅へ電話した。

「宮坂君は、朋恵ちゃんの部屋に？」

「いいえ。鍵がありませんので入ることができません」

「じゃ、近くで時間潰しをしているんですね？」

「そういっていました」

宮坂から連絡が入ったら、自宅に電話をくれるように伝えてくれといった。

母親は、心配やら迷惑を掛けてすまないと繰り返した。

宮坂が道原の自宅へ電話をよこしたのは、午後十一時半過ぎだった。

朋恵はまだ帰宅しないという。

「ゆうべもいなかったといったな？」

「はい」

「きのう、成田空港へ行ったきりなのかな？」

「そうだと思います」

「彼女は、成田空港でなにか仕事をしているんじゃないか？」

「そうでしょうか？」

「仕事の見当はつかないのか？」

「ぜんぜん分かりません」

宮坂は、早朝豊科へ着く列車で帰るといったが、

「その近くで一泊して、朋恵ちゃんの帰りを待ったらどうだ？」

「そうすると、あしたも休むことになります」

「しかたないじゃないか。彼女に会って、なにをしているのかを、しっかりきいてくることだ」

宮坂は、朋恵は海外旅行に出掛けたのではないかといった。

「それも考えられるな。おれたちにはそうはいわなかったが」

もしも海外旅行だったとしたら、あす帰宅するかどうかは不明である。

「とにかく、一泊しろ。夕方まで待って彼女が帰らなかったら、ポストに手紙を入れて帰ってきなさい」

宮坂も母親と同じように、迷惑を掛けたと詫（わ）びをいった。

「朋恵ちゃん、好きな人がいるんでしょうね?」

妻の康代が、台所に立ったままいった。彼女は朋恵に何度か会っている。見るたびにきれいになっているといったことがある。

20

道原は伏見をともなって、赤尾杏子が勤めていた旅行会社で、彼女のかつての上司である支社長と同僚の花塚に会った。二度目である。

去年八月の出勤簿を見せてもらった。彼女はつづけて三日間休んでいた。このことは、この前花塚と小松からきいていた。そのさい杏子は、欠勤の理由を実家に用事があるのでと申告したという。

「欠勤の最初の日、赤尾さんはたしかに実家へ行って、一泊しています。次の日、成田空港に用事があるといって、実家を出たということです」

道原はいった。

「成田空港へ……」

支社長と花塚は顔を見合わせた。

「心当たりがありますか？」

「いいえ」

支社長は首を横に振った。

花塚は瞳を動かし、考える表情をした。

「誰かに頼まれごとをしたということです」

「成田空港でですか？」

「空港でなにかをしたのは確かだと思います。なにが考えられますか？」

道原は二人の顔を注目した。

支社長も花塚も、眉間をせまくした。

「赤尾さんが旅行会社の社員だから、空港でできることを頼まれたのではないでしょうか？」

「それでしたら、仕事に関係があります。ですが、赤尾は、私用で休んでいます」

支社長がいった。

「赤尾さんは、添乗員として海外へ行ったことがあるでしょうか？」

「ありません。添乗の係はべつにおります」

「海外旅行の経験はあるでしょうね？」

「何回かあるようです」

花塚が答えた。

「どこへ行っているでしょうか？」

「学生時代は、香港とアメリカ。社会人になってから、カナダとオーストラリアへ行ったといっていました」

花塚は杏子と親しくしていたから、自分たちの旅行経験を話し合ったようだ。

「海外旅行中に、現地の人と知り合ったというような話をきいたことはありませんか？」

「きいた覚えはありません」

「旅行は、何人かで？」

「グループ旅行だといっていました」

「珍しい経験をしたという話をきいていませんか？」

「いいえ」

道原は、ノートに目を落としていたが、

「こういうことがあったとしたら、なにが考えられますか。……成田空港でやってもらいたいことを人から頼まれた。それを引き受けて実行したら、多額の報酬をもらえた……」

「多額の報酬をもらえるといったら、犯罪か、それに近いことではないでしょうか？」

支社長は手を組み合わせた。

「私もそう思います」

「赤尾が、そんなことをしていたんですか？」

「もしそうだったら、なにが考えられるかを伺ってみたんです」

「彼女にかぎってそういうことはないと思いますが、考えられることといったら、密輸に関係することでしょうね」

「輸出入が禁じられている物を、空港へ持って行って、誰かに渡すということですか？」

「逆の場合もあるでしょうが、それはきわめて危険な行為です。税関なり検閲なりの、専門の係官の目をくぐり抜けなくてはなりません。それをやっているのは、ほとんどが外国人のプロです。プロでさえ、成功率は五〇パーセント以下ではないでしょうか」

杏子が部屋に遺した二百万円が、成田空港でやったことの報酬だったとしたら、それは支社長がいうとおりきわめて危険な行為だったに違いない。彼女は、実家に用事があると偽りの申告をして三日間休み、家族にはなんの用事かをいわずに成田空港へ行った。一見軽い嘘のようだが、彼女は重要な使命を背負って、一歩間違えば、それまでの人生を台なしにしてしまうようなことをやったのではないか。

もっと疑えば、杏子が成田空港へ出掛けたのかどうかも怪しい。行き先を正直に告げたくないから、母親に思いつきを答えたとも考えられる。

旅行会社を出ると伏見が、

「杏子さんは、成田空港かどこかは分かりませんが、古岩に会ったんじゃないでしょうか？」

といった。

「立山登山の前に、二人は知り合っていたというのか？」

「立山登山は、純粋な登山でなく、危険な目的があったんじゃないでしょうか？」

「それはないような気がするが」

「なぜですか？」

「だって、立山へは、彼女は芝本君と一緒に登る約束がしてあったんだよ」

「芝本さんのほうの都合がつかなくなったので、かねてから人に頼まれていたことを、立山ではたそうとしたんじゃないでしょうか。普通、恋人同士のどちらかが山行を取りやめることになったら、一方もやめそうなものです。彼女が単独でも行ったところが、問題じゃないかという気がします」

「君のいうとおりだったら、彼女は悪いことを承知でやっていたことにならないか？」

「危険なことを、彼女はある程度知っていたんじゃないでしょうか」

「そうだとしたら、杏子さんは、芝本君や、親しい人がいうほど真面目な女性ではなかったということになるが」

「いつもおやじさんは、人は見掛けで判断するなって、いってるじゃないですか」

「それは人によってだ」

署に帰ると、杏子と親しかった安曇村役場職員の小松に電話し、杏子が去年八月、会社を休んで成田空港へ行った話をきいていないかと尋ねた。

小松は、そんな話をきいた覚えはないと答えた。

杏子の母親に電話し、かつて彼女と一緒に海外旅行したことのある友人をきいた。

母親は調べるといっていったん電話を切ったが、十分後に掛けてよこした。

きのう芝本に粘られて、娘が部屋に二百万円の現金を遺していたことを喋(しゃべ)った。それが公にできない性質の金であるのを知っている。だから芝本がきいても、道原が訪ねても話さなかったのだ。

だが芝本の執念に負けて、打ち明けた。捜査に協力するというよりも、諦(あきら)めた感じである。

杏子と海外旅行をした友だちは五人だった。大学の同級生と、その友だちだった。母親は五人の住所も勤め先も知っていた。

その五人に道原は電話で当たった。気になる返事をした人がいたら、直接会うつもりだった。

出入国のさい、誰かになにか頼まれなかったか。旅行先で知り合った人から帰国のさいなにか頼まれなかったか、などをきいた。が、五人は、申し合わせたように、そういう記憶はないと答えた。

問い合わせをしているうちに、東京へ行った宮坂のことが気になった。きのう彼は、妹の朋恵に会えなかった。それで一泊し、彼女の帰宅を待つことにしたのだが、きょうは会うことができたろうか。

宮坂の家へ電話すると母親が出て、宮坂からは午前十時過ぎに電話があって、朋恵は昨夜も帰宅しなかったという。

「朋恵ちゃんは、なにをやっていると思う?」

道原は、伏見に低声できいた。

「彼女のあの服装からいったら、かなりな収入を得ているようです。彼女には悪いですが、まともな仕事はしていないんじゃないでしょうか?」

「彼女は、成田空港へ行くといって、リムジンバスに乗ったよな。彼女は成田でなにか仕事をやっているような気がする。女性で高収入を得るといったら、なんだろう?」

「まさか、売春じゃないでしょうね」

「成田でか？」

「空港周辺にはホテルがたくさんあります。そこの宿泊客を相手にしている女がいるということですよ」

「朋恵ちゃんが、そんなことを……」

「ぼくも、そんなふうに考えたくはないですが」

伏見は、朋恵が以前ＡＶに出演していたことを知っているのだろうか。道原は話していないが、どこかで彼女が東京でやっていたことを耳に入れたのか。

宮坂から電話が入った。午後一時だった。

やっと朋恵が帰宅したので、これから話をするといった。彼は妹の部屋にいるともいった。

兄が待っていたので、朋恵は目を丸くしただろう。道原と伏見が、お節介にもよけいなことを兄に話したものと、恨んでいるだろうか。

宮坂のきょう二度目の電話は午後八時だった。特急の車中で、小淵沢（こぶちざわ）を通過したところだといった。その列車は二十時五十七分に松本に着く。そのあと道原と会いたいが、どうかといった。

道原は、松本まで行って、宮坂の到着を待つことにした。

宮坂は朋恵と一緒ではないという。どんな話になったか知らぬが、妹を信用して帰る気になったのだろう。

宮坂は、小型のバッグを提げて駅の階段を下りてきた。若いのに疲れの浮いた顔をしていた。

「夕飯は食べたか？」

「列車の中で、弁当を食べました」

二人は、駅の近くの喫茶店に入った。レコードでクラシック音楽を流している店である。

「朋恵は変わりました」

宮坂は肩を落とすようにしていった。

「変わって当然だ。二十歳じゃないか」

前にAVにまで出た女性なんだからといいかけて、道原は口をつぐんだ。

「朋恵ちゃんは、成田空港へ行ったといっていたか？」

「そういっていました」

「どんな用事で？」

「人に会うためだといいました」

「どんな人に？」

「航空会社の人だということです」

「どういう用事か、話したか？」

「それをいくらきいても話しません」

「話せないことなんだろうな？」

「悪いことじゃないから、いいじゃないというだけで、なんのためにその人に会いに行ったのかを教えないんです」

「航空会社の人に会えたんだろうか？」

「会えなかったといっています。それで、成田のホテルに二泊したということです」

「自費で泊まったんだろうか？」

「そういっています」

「彼女は、成田空港へたびたび行っているようだったか？」

「連絡があると行くということです」

「航空会社の人から？」

「はい」

「その人に会って、なにをするのかをきいたか？」

「それをいわないんです」

「なにをしているか、君には見当がついたか？」

「ぜんぜん分かりません」

「彼女は航空会社の人と、どこで知り合ったんだろう？」

「東京で化粧品会社の仕事をしているあいだに、知り合ったそうです」

「化粧品会社の、なにをやっていたんだ？」

「キャンペーンだといっています」

朋恵の部屋の雰囲気はどうだったと、道原はきいた。

「ベッドと洋服ダンスがあって、きれいにしていました」

「おれが会ったときは、高そうな洋服を着ていたぞ」

「それを着て帰ってきましたが、最近買ったそうです」

「バッグも高級品だった」

「洋服と一緒に買ったといっていました」

「高級な物を身につけられるだけの収入があるんだ」

「化粧品のキャンペーンをやっているよりは収入は多いといっています」

「いい過ぎかもしれないが、犯罪に関係するようなことはしていないだろうな？」

「ぼくはそれを強くいいました。おれが警察官だからいうんじゃない。自分のためだといいました。朋恵は、分かっていると返事しましたが……」

「信用できないんだな？」

「仕事の内容が分かりませんから」

「こっちへ帰ってこいといわなかったのか？」

「いいましたが、あの子は田舎が好きじゃないんです。なんでも手に入る都会が好きなんです」

「そういう若者は多い。だが、二十歳やそこらで、自活していくには、無理をしなくてはならないような気がするがな」

「近いうちに行くから、心配しないでっていわれると、無理矢理連れて帰るのが可哀相になって……」

朋恵とは、ときどき連絡を取るなり、上京して監視する必要がある、と道原はいった。

袖口(そでぐち)をめくると十一時を過ぎていた。

道原が運転してきた車を、宮坂が運転するといって乗り込んだ。

街の灯が一つずつ消え、駅周辺の人通りも少なくなっていた。

助手席で道原は、朋恵が宮坂に語った話を反芻(はんすう)した。彼女の話には嘘があると思った。

彼女は成田空港で、航空会社の人に会うことになっていたが、その人が現われなかったといった。航空会社の社員なら、空港か本社かにいるだろうから、連絡が取れたはずだ。彼女はその人が現われるのを、ホテルに二泊して待っていたということは、所在も正体すらもはっきりしない人間なのではないか。

21

朝刊に堺川理三の記事が出ていた。彼はきのう、九十九番目の槍ケ岳登頂をはたしたとあり、山頂で登山者から祝福を受けて笑っているカラー写真が載っていた。

若者か健脚者なら、つづけて最終目的の奥穂高岳へ向かうことだろうが、彼はいったん下山し、また休養をとって、「百名山」の仕上げの山へ向かうのだという。

百番目の山は目前だ。三、四日後の新聞には、奥穂山頂に立つ雄姿が大きく載るに違いない。

道原は、上市署の広島刑事に宛てて報告書を書いた。赤尾杏子に関することである。

芝本が彼女の実家へ押しかけ、朝から何時間も粘って、両親を説得した結果、彼女が住んでいた松本市内のマンションの部屋から、二百万円の現金が見つかったことを聞いた。

彼女の家族は、これが公になることを恐れて、いままで隠していたと書き、それをファックスで送った。

広島からは、報告書を読んだと連絡が入り、古岩吾郎の妻昌子が、夫の持ち物の中から三百二十万円を見つけたという話は信用してよいのではないかといった。

道原も同感だと答えた。

山で妙な死に方をした三人が、いずれも家族の知らない金を持っていた。三人とも給与生活者だったし、それぞれの給与額からいったら大金だった。

豊科署の捜査会議では、三人の持っていた金の出所が議題になった。三人が金を手に入れた時期は異なっていそうだが、三人とも似たようなことをやり、それの報酬が数百万円だったのではないかと推測された。

なにをやったのかは不明だが、三人は多額の報酬を得るようなことに手を染めたがため、山で死ぬことになったのではないか。

三人が山へ登っているとき、付近の山小屋には、氏名や住所を偽わらなくてはならない男たちが宿泊した。Aであり、Kであり、Sだった。どうやらAとSは同一人物のようだ。

三人は横の関係はなかったが、ある一つの点が三人を支配していたように受け取れる。ある一つの点にいる人物は、三人に似たようなことをやらせた。そして報酬を支払ったのだから、たとえそれが暗黒の取引であろうと、関係は絶切れたとみるべきだ。が、三人は一つの点にいる人物の手によって、葬られた感がある。

三人のうち誰かが、報酬の額に不満があって、仕事を依頼した人間に抗議でもしたのだろうか。それなら抗議した人間だけが消されそうなものだが、なぜ三人が同じ目に遭ったのか。


地元新聞は夕刊にも堺川理三の記事を掲載していた。

十月六日朝、自分で選んだ「百名山」のうち九十九番目の槍ケ岳に登頂すると、その足で槍沢を下り、横尾に着いた。彼は山荘に一泊して、七日朝、元気に出発し、きょうは標高二九九六メートル地点に建つ穂高岳山荘まで足を伸ばし、あすの朝、奥穂高岳（三一九〇メートル）に登頂し、「百名山」を達成することになっているとしてあった。横尾山荘前で撮った写真が載っていた。出発する直前のものらしく、黄色のザックを背負って笑っている。彼の左右に若い男女が入っているが、彼は比較的小柄で痩せていた。

明朝は、いよいよ念願がかなうというわけだ。

「あすの天気はどうかな？」

道原は、新聞をのぞいた伏見にきいた。

「ゆうべテレビで観た週間予報では、ここ三、四日は晴れか曇りということでした」

「そうか。じゃこの人はあすの朝、百番目の奥穂に登って、同行の記者たちとバンザイができそうだな」

「最近、ブームになっている中高年登山者に、また励みを与えることになるでしょうね」

「中高年者の山の事故が増えているが、この人のように、きちんとした計画を立て、体力に見合った登り方をすれば、そう事故は起きるものじゃない」

「この人は五十四歳か。……おやじさんはまだまだ登れますね」

「六十ぐらいまで登っていたいものだな」

「還暦に登ったら、ぼくらでお祝いしますよ」

「そのときは、退職しているけどな」

道原は、十数年先をぼんやりと考えた。


翌朝出勤すると、地域課がざわついていた。

「事故でもあったのか?」

廊下に出てきた若い署員にきいた。

「山の遭難です」

「どこで？」

「奥穂です」

「奥穂……。けさか？」

「事故発生は七時半ごろです」

一時間前だ。

「何人か怪我をしたのか？」

「中年の男性が一人です」

「身元は？」

「『百名山』を登っていた堺川理三という人です」

「堺川が……。どうして？」

彼には同行者が何人かいたはずである。

「現地からまだ詳しい報告はありませんが、クサリが切れて、転落したということです」

堺川が転落した直後、最寄りの穂高岳山荘から署に通報があり、県警本部はただちにヘリコプターを出動させることにした。小室らの山岳救助隊はヘリに乗って現場に向かった。そろそろ到着したころではないかという。

奥穂へは、穂高岳山荘脇からいきなり突き上げの急登になる。黒々とした岩場に鉄梯子が取りつけてある。堺川が転落したのは、その急登の途中ではないか。

約三十分後、現場の小室から署に、岩場を転落して怪我をした堺川を収容し、ヘリで松本市内の病院へ搬送するという連絡が入った。

地域課員が刑事課に飛び込んできて、小室からの連絡内容を伝えたのだが、

「小室主任は、刑事さんに現場を見てもらいたいといっています」

といった。

「なにかあるんだな」

四賀課長がいった。

道原と伏見と芝本が、堺川を病院へ運んだヘリで、事故現場へ行くことになった。

「百番目の山で、転落するとは、堺川という男も不運だったねえ」

山靴を履き終えた道原に、課長がいった。

「まったくです。快挙を目前にして……」

小室は現場を刑事に見せたいという。クサリが切れたということだが、その切れ方を、彼は不自然とみたのだろうか。

「穂高岳山荘から奥穂の山頂までは、わずかなんだろ?」

課長がきいた。彼には高い山に登った経験がない。

「四、五十分といったところです」

「気の毒にな」

課長のつぶやきをききながら、道原は、伏見と芝本の身支度を急かせた。

22

ヘリは、蝶ケ岳のやや北側を越えた。

右手前方に槍ケ岳が見え、雪を貼りつけた東鎌尾根の岩稜が東に伸びていた。深く切れ込んだ槍沢が滑り台のような傾斜をもち、白く蛇行していた。横尾谷は暗く、屏風ノ頭は陽を受け、ぬくぬくとして丸かった。涸沢と、右俣が合わさるあたりの流れが光っている。

涸沢カールには、赤や黄や青のテントが二、三十散っていた。なにを勘違いしてか、ヘリを見上げて白い物を振っている人がいる。

涸沢からザイテングラードに沿って、雪でまだらになった岩場をヘリは高度を上げた。山荘の赤屋根が陽をはね返し、山荘前の石畳にはザックを下ろした登山者が何人も休んでいた。転落事故を知って、奥穂登頂を見合わせた人もいるのではないか。

道原たち刑事は、小室に誘導されて、山荘脇の石段を登り、鉄梯子に手足を掛けた。突き上げの急登に取りつけられた梯子は，十人や十五人が同時に乗ったとしても、破損しそうになかった。

堺川はけさ、七時前に山荘を出発した。山荘の人たちは彼を拍手で見送った。

ゆうべ山荘で、堺川が百番目の山を踏むのをきき、同行するといい出した若者もいた。松本市に本社のある信濃日日新聞の中森記者と馬岡カメラマンが、堺川の焼岳登山から同行しており、けさも一緒に山荘を出発した。

中森と馬岡は、堺川をバックアップするという意味から、堺川を先頭に立たせた。

堺川は約五〇メートルの鉄梯子を登りきって、クサリに取りついた。と、彼は、クサリを摑んだまま声を上げて身を反らせ、クサリを放すと、空を掻いて横転した。すぐ下にいた中森は腕を伸ばしたが、急勾配の岩場のことで堺川を受けとめることはできなかった。馬岡の下をつづいていた四、五人の登山者が、ずり落ちてきた堺川の手足を摑むことができたのだという。登山者がつづいていなかったら、堺川は黒い岩の上を滑って、飛驒側に消えたかもしれなかった。

堺川の遭難現場に登り着くと、小室が一本の切れたクサリを指差した。

クサリの先端は、岩のあいだのコンクリートに埋め込んだボルトにつながれている。クサリはボルトからはずれるか切れたのでなく、ボルトの頭が折れたようになっていた。

そもそもクサリや梯子やアブミは、登り下りするときの補助に取りつけられているものであって、全体重を掛けたり、しがみついたりするのは危険なものだ。取りつけ部分が老朽化しているものもあるからだ。クサリの近くの岩に確実なホールドやスタンスを求め、片手でクサリを摑むぐらいにするのが、うまい登り方だが、堺川は疲れていたか、バランスを崩したからか、全体重をクサリにあずけてしまった。

しかしクサリが安全であれば、彼は転落することはなかったのだ。

道原は、ボルトに目を近づけた。

「ノコギリかヤスリを入れた跡があるな」

小室はこれを見たので刑事を呼んだのだった。

ノコギリかヤスリを入れた跡は新しく見えた。

「けさ、堺川よりも先にここを登った者がいるだろうか?」

道原は小室にきいた。

「彼がここへ着いたのは七時二十分ごろですから、たぶん先に登った人はいたでしょうね」

「その登山者が手を掛けたときはなんでもなかったということになるな」

十月に入ると登山者はめっきり減る。夏の最盛期だとこの岩場には登山者が列をつくる。そんなとき，不届者がボルトやクサリに細工することは不可能だ。

「何者かが、堺川が登ってくるのを見て、ボルトにノコギリを入れたとしか思えないな」

「いたずらでしょうか？」

小室は、岩に腹這うような恰好をした。

「堺川を狙ったことも考えられる」

伏見と芝本も、折れたボルトに目を近づけた。

堺川がいったん摑んで放り出したクサリは、救助隊員によって回収されていた。それを署に持ち帰ることにした。

「道原さん」

小室が道原の耳に口を寄せた。

「怪我をした堺川が、つぶやいた言葉があるんです」

「なんて？」

「おれには、『ルイコにやられた』ってきこえました」

「……やられたって、いったんだね？」

「きき返しましたが、同じことを繰り返しました」

「ほかの者はきいていないのか？」

「及川もきいています」

道原は、岩の突起を摑んで上部を仰いだ。

あと一〇〇メートルあまりで山頂だ。

堺川理三は、五年間かけて自分の「百名山」を登りきろうと計画し、その念願があと一〇〇メートルの登りで達成できる寸前で事故に遭った。

折れたボルトを検査してみないとなんともいえないが、何者かが古くなった鉄のボルトにノコギリを入れ、登山者がそれに体重を掛けたとたんに折れる細工をしたのだとしたら、これは未必の故意である。

堺川は救助隊員に、「ルイコにやられた」といった。彼は何者かに生命を狙われていたのだろうか。

道原は早く堺川に会いたくなった。小室がいうには、堺川はやっと口が利けるほどの重傷だという。彼が小室らにつぶやいたことを、道原は自分の耳できききたかった。

山へ登った三人の刑事は、迎えのヘリで松本市内の病院へ飛んだ。

だが、到着は三十分遅かった。堺川は、新聞記者の中森と馬岡カメラマンに見取られて息を引き取ったあとだった。

痩せた顔の男は、霊安室のベッドに仰向いていた。半白の髪が逆立っていた。もう一山、あと一山と、新聞社にけしかけられ、疲れたからだを三千メートル級の岩山へ運び上げていたのではないか。

彼は山を登るだけではなかった。下山すると、自分の「百名山」の山行記を書いては、新聞社に送っていた。彼にとっては初めての著書が出せる。これの楽しみもあって、執筆にも励んでいたに違いない。

山靴を履いた道原と二人の刑事は、「百名山」達成を目前にして斃（たお）れた堺川に向かって手を合わせた。

信濃日日新聞の中森と馬岡を、「控室」と書かれた部屋へ呼んだ。

二人とも三十六、七歳に見えた。堺川に何日間も同行したせいか、予想もしない災難に遭ってしまったからか、顔には疲労の色が浮いていた。

「堺川さんが転落した瞬間、一番近くにいたのは？」

道原がきいた。

「私です」

中森が答えた。

彼は堺川の六、七メートル下を登っていたという。その下が馬岡だった。

馬岡は、堺川がもう十分も登ったら追い越して、側面から堺川を撮影するつもりでいたという。

「なぜ堺川さんを先頭にしたんだね？」

「一番先に山頂を踏んでもらいたかったからです」

中森は肩を落とした。

「堺川さんの上に登山者はいたかね？」

「誰もいません」

「堺川さんが摑んだクサリの先端のボルトが折れたため、彼は転落したんだが、ボルトは何者かによって折れるように細工されたか、すでに折られていた」

中森と馬岡は顔を見合わせた。

ボルトを切断した人間は、堺川を転落させるために工作したことが考えられると、道原は話した。

「あなたたちは、堺川さんと何日も一緒にいた。山小屋にも一緒に泊まった。彼とはいろいろな話をしたと思うが、なにかを気にかけているふしはなかったかね？」

「いいえ」

「彼は、山小屋ではどんな話をしていた？」

「たいてい過去の山行の思い出話でした。苦労して登った山、強く印象に残っている山行を、こちらからも質問しました。本にするときに、加筆してもらえると思っていたからです」

「危険な目に遭ったことはなかったのかな？」

「北海道の山では、季節はずれの降雪に遭って、帰れなくなるのではないかと思ったことがあるといっていました。そのほかは、怪我をしたことも、発病もなかったといっていました」

「新聞記事によると、堺川さんが『百名山』登山を計画し、登り始めたのは、五年ぐらい前ということだったね？」

「私は記事にそう書きましたが、実際に『百名山』を踏破しようと思い立ったのは、三年ほど前ということです。それまでは、はっきりとした目標はなく、登ったことのない山へ登り、山日記の形式で記録を残していたんです。本格的に『百名山』を達成しようという計画を立てたのは、ある人の勧めがあったからだといっていました」

「それを勧めたのは、どんな人？」

「詳しくはきいていませんが、女性だということです」

「女性……。堺川さんの家族は?」

「彼は独身でした」

「奥さんは?」

「交通事故に遭って、一年半ほどしたころ、離婚なさったときいています」

「二年ほど前に、東京から松本へ転居したと、新聞に出ていたようだったが、ずっと一人で?」

「はい。気ままな暮しをしているといっていました」

中森は、松本市の堺川の住まいを何度も訪ねていたが、いつも一人だったという。道原はその住所をきいた。

「子供はいなかったのかな?」

「娘さんが一人いるが、もう何年も会っていないということです」

「独身なら気ままにしていられただろうが、生活費はどうしていたんだろう。蓄えでもあったのかな?」

「そこのところはよく分かりません」

「仕事をしていたようすは?」

「いいえ。登山以外は、たいてい家にいました」

働く必要がなかったということなのか。

道原は、伏見と芝本のほうを向いた。二人ともノートにペンを動かしている。

「山岳救助隊員が、転落した堺川さんから気になることをきいているが、あなたたちは?」

「怪我をした堺川さんを、山荘に運び込んだとき、小さな声で二、三回、なにかにやられたといいました」

その言葉を馬岡もきいたと答えた。

「なににやられたときこえた?」

「『ルイコ』とか『ルミコ』ときこえました」

中森がいうと、馬岡はうなずいた。小室や及川の記憶と合っている。

道原たちは、堺川を手当てした医師に会った。堺川がなにかいい遺さなかったかを尋ねた。

「ここへ着いたときは、すでに意識がありませんでした」

五十がらみの医師はそういった。

ヘリで運ばれる間に堺川は意識を失い、一言も喋らず息を引き取ったという。死因は、全身打撲だった。

23

伏見と芝本が、松本市内の堺川理三の住所を確認に行った。そこは、浅間温泉、美ケ原の見える女鳥羽川沿いのマンションだった。

そこには誰もいないらしく、インターホンに応答がなかったという。二人はマンションの家主宅に堺川の死亡を告げて署に戻ってきた。

信濃日日新聞社は、堺川の身内の人を知らなかった。松本市に住むようになってからの彼は、山行のたびに緊急連絡先を新聞社にしていた。最後の宿泊地になった穂高岳山荘のカードにも、連絡先を信濃日日新聞社と記入していた。

彼の戸籍を照会して、別れた妻の住所が判明した。東京都立川市だった。

別れた妻は、宮津茂子といって、五十一歳だった。彼女は堺川と離婚したあと独身で、以前から勤めていた火災保険会社にいまもいることが警視庁の調べで分かった。

道原は、宮津茂子に電話した。

「山で亡くなった……」

彼女は絶句した。

「身内の方においでいただきたいのですが、どなたに連絡したらよろしいでしょうか?」

道原はいった。

「あの人には、兄弟もおりません。身内といったら、わたしの娘しか……」

彼女は、数秒のあいだ黙っていたが、娘に連絡して、自分と二人で行くと、細い声になって答えた。

彼は、「ルイコ」か「ルミコ」の名に心当たりはあるかときいた。

茂子は知らないと答えた。娘は佐藤不二子(ふじこ)という。

結婚し、立川市内に住んでいるといった。


母娘は、夕方、松本に着いた。豊科署員が駅前で二人を迎え、堺川の遺体が安置されている病院へ案内した。

遺体との対面を終えた母娘は、署員の運転する車に乗ってやってきた。

茂子は丸顔で肉づきがよかった。娘の不二子は父親に似て小柄で面長だった。

道原は母娘を相談室へ迎え、悔みを述べた。母娘は黙って頭を下げた。

二人は、堺川と三年ほど会っていなかったという。彼は、思い出したように、年に二回ばかりそれぞれに電話をよこしたという。

道原は、目下最も関心を持っていることを質問した。

堺川が死にぎわにつぶやいた言葉のことである。「ルイコ」か「ルミコ」かは明確でないが、「……にやられた」といった。複数の耳が同じことをきいているのだから間違いない。

「電話でも伺いましたが、お心当たりは？」

道原は二人の顔に注目した。

「女の人の名前でしょうね？」

茂子がいった。

「そうだと思います。堺川さんは摑んだクサリが切れて転落した瞬間、誰かがクサリを切ったものと判断したようです。つまり心当たりがあったということです。何者かの罠にはまったものとも解釈できます」

「そんなことをする人と、お付き合いがあったんでしょうか？」

茂子はいってから目を伏せた。

道原は離婚の原因をきいた。

「堺川は、六年前の日曜日、自分の車を運転していて、事故に遭って怪我をしました。双方に過失があったということでした」

――一か月あまり入院して、あとは通院していた。それまで勤めていたのは中堅の建設会社だったが、彼の職場復帰を無理とみてか、八か月で退職をいい渡された。その後、失業保険の給付期限も切れた。彼は頭痛が治らないといって、病院通いをつづけた。

元の同僚に、朝晩歩くことを勧められた。以前から山歩きをしていたので、歩くことは苦にしなかった。毎日十キロを歩くようにして三か月目、ひどかった頭痛が治った。

一年半ぶりに山へ登ってみた。怪我をした足にも影響は出なかった。

それなのに、休んでいる間にすっかり勤労意欲を失い、新しい勤務先を真剣にさがそうとしなかった。退職金やら、事故のさいの保険金やらで、いくらかの蓄えはあったが、茂子にしてみれば将来が不安になり、なぜ働き口を真剣にさがそうとしないのかと小言をいった。

彼は、体調がすぐれないの一点張りで、毎日出掛けてはパチンコ屋に通っていた。

茂子の愚痴が不仲の原因になり、彼女が離婚を切り出した。

それまで住んでいた一戸建ての住宅を売り、その金を折半した。

茂子は不二子を連れて、小さなマンションに移った。堺川も家賃の安いアパートへ引っ越した。

不二子は高校を出て会社勤めしていたが、昨年結婚した。いまも同じ会社に勤務している。

堺川のほうは、警備保障会社に臨時で雇われているといっていたが、茂子と電話し合っても、生活ぶりについては詳しく話さなかった。

二年前、彼は松本市へ転居すると電話でいった。茂子が、松本でなにをするのかときいたところ、自分で選んだ「百名山」を踏破する。それには松本市は至便だといった。

「結構なご身分ですこと」

茂子が皮肉を込めていうと、彼は、「ふん」と鼻を鳴らしただけで、茂子や娘のことを気遣うふうもなかった。

松本市へ転居した彼からは、ごくたまに電話がきて、山を登りつづけており、地元新聞社が山行記を本にしてくれると語った。

茂子も不二子も、彼が松本へ行ってから一度も会っていなかった。

堺川が百番目の山を目ざして登りつづけていることを、東京の新聞は報じていなかった。だから彼がどの山に登っているかについて、茂子らは知らなかった――

道原と伏見は、茂子と不二子を車に乗せ、堺川が住んでいたマンションへ行くことにした。

四階建ての小さなマンションの窓のいくつかには灯りがついていた。

持主は近隣の家だった。道原が頭の光った家主に茂子母娘を紹介した。家主は、二人に、「堺川さんが、とんだことになって……」と悔みをいい、素姓を確かめるような目をした。

どうやら堺川は、家主に離婚したことを話していたようである。

堺川が借りていた三階の部屋へ入った。

四畳半ぐらいの広さの洋間に六畳の和室、せまいキッチンの間取りだった。

洋間にテーブルと椅子(いす)があり、大学ノートが何冊も積まれていた。電話もそこにあった。彼はこの部屋で山行記を書いていたようで、ノートは細いペンの字でびっしり埋まっていた。

山の雑誌や書籍や写真集は、床に積んであった。

茂子と不二子は、テーブルの上の物に手を触れず、部屋の中を見回した。

堺川は、和室に寝ていたようで、道原が開けた押し入れには布団が積んであった。掛布団の襟には白いタオルが安全ピンでとめられており、清潔な感じがした。

壁ぎわには、小振りの整理ダンスがあった。それは年代物のようである。

キッチンには小さなテーブルと冷蔵庫があった。炊事用具と食器は、作りつけの棚に伏せてある。

道原は、冷蔵庫の中をのぞいている茂子を横目で見て家主を洋間へ呼んだ。

「堺川さんを訪ねてくる人を、見たことがありますか？」

「何回もあります」

「いくつぐらいの、どんな人でしたか？」

「三十半ばの男の人を二、三度見掛けました。その人は車できていました」

新聞社の中森ではないか。

「そのほかには？」

「女の人を見掛けたこともあります」

「何歳ぐらいの？」

「一人は三十半ばか、四十近くだったか……」

「女性は何人もきていたんですね？」

「色の浅黒い外国人がこの部屋から出てくるのを、何回か見ています」

「外国人……」

「若い人でした。フィリピンか東南アジアの人だと思います」

「風采(ふうさい)で、どういう仕事をしている人かの見当がつきましたか？」

「私は男と遊ぶ女の人だと見ました」

売春婦だろうというのだ。

松本市には、ソープランドのようないわゆる風俗営業の店はない。だが、マンションなどにチラシを入れ、それによって自室へ女性を訪問させる業者がいる。

「三十半ばか四十近い女性は、どんな感じでしたか?」

「その人は、なかなかきれいで、きちんとした洋服を着ていたのを覚えています」

「何回も見ていますか?」

「私は一度だけですが、家内も一度見たといっていました」

「いつごろですか?」

「私が見たのは、一か月ぐらい前です。家内が見たのは今年の春ごろでした」

「昼間ですか、夜ですか?」

「昼間です。家内も同じです」

「日本人ですか?」

「はい。その人は」

堺川は、なにか仕事をしていたようだったかときくと、

「分かりませんが、平日の昼間もこの部屋にいるようでした。入居のとき、職業をききましたら、山に登って、その体験記を書くのが仕事だといわれました」

「入居のときは身元保証人を立ててもらっていますか？」

「たしか、市内の人でした」

どこの誰なのかを見てもらうことにした。家主は光った頭を振るようにして部屋を出て行った。

茂子と不二子は和室で、堺川の家財をどうしたらよいかと話し合っていた。

伏見は、洋間のテーブルに積まれたノートをめくっていた。

道原は、洋間の床にあぐらをかいた。積み重ねてある雑誌や本を一冊ずつべつの山に積み換えた。

テーブルの下に段ボールがあった。それの中は写真とフィルムだった。堺川が山に登って撮ったものらしく、ほとんどが山容や、森林や、水の澄んだ川や、山小屋だった。人物を正面から撮っているものはなく、堺川が単独で写っているのが四、五十枚に一枚ぐらいのわりで入っていた。この写真を見て、彼が単独行だったことが判断できた。

「おやじさん」

伏見が呼んで、道原の横に膝(ひざ)を突いた。

彼が手にした緑色の表紙の大学ノートには、三十数人の氏名と住所と電話番号が、ペンで書いてあった。宮津茂子と佐藤不二子が入っていた。

道原は、指先を当てて氏名を読んだ。

二ページ目の中央で、彼の指はとまった。

〔高城留里子　東京都品川区東五反田五丁目×番×号〕

24

「この名前は、ルリコと読むだろうな」

道原はいった。

「タカシロか、タカギルリコでしょうね」

伏見は床にあぐらをかくと、その氏名と住所、電話番号を自分のノートに控えた。

堺川は小室と及川に、「ルイコにやられた」とか、「ルミコにやられた」といったという。

彼のアドレスノートには、その名に該当する人はいなかった。

和室へ行くと、茂子と不二子は向かい合って正座していた。

道原は堺川のアドレスノートを二人に見せた。

茂子は、そこに書かれている十数人を知っているといった。堺川の元同僚や友人だった。

誰と親しかったかをきくと、

「最近はお付き合いしていなかったと思いますが」

といって、三人を指差した。

「この人に記憶はありませんか？」

道原は、高城留里子にボールペンの先を当てた。

母娘は同時に首を横に振った。

家主が戻ってきた。堺川が部屋を借りるときに記入した契約書を持ってきたのだった。

身元保証人は「浜武雄（はまたけお）」で住所は松本市内だった。

茂子に、浜武雄は堺川の友人かときいたところ、知らない人だという。彼女は知らなかったが、堺川には松本市に知友がいた。山友だちだったかもしれない。そういう人たちと連絡を取り合ったうえで東京から移転したのではないか。

道原は、家主方の電話を借りて、浜武雄の番号をきいた。すぐに分かった。

そこへ掛けると、中年女性が応じて、「主人はまだ帰ってきておりません」という。それで連絡場所をきいたところ、なんと信濃日日新聞社だった。

浜は会社にいた。彼は編集部員だった。たまたま、堺川の遭難について話し合っていたのだという。

三十分ほどすると、浜が車でやってきた。彼は道原と同年ぐらいだった。

東京に住んでいた堺川に、「百名山」山行記の出版を勧めたのは浜だったという。松本市への転居についても堺川は彼に相談した。

「百番目の登頂目前で、堺川さんはとんだことになられましたが、当社では出版を決定いたしました。槍ケ岳と奥穂高岳のお原稿は頂戴できませんでしたが、同行しておりました中森が、堺川さんを観察しての文を書くことにしております。中森は、最期の瞬間までご一緒させていただきましたので、追悼の意味をこめまして……」

浜は、涙をためて茂子と不二子にいった。

その言葉をきくと、初めて茂子は口にハンカチを当て、嗚咽を始めた。

伏見は、堺川のテーブルの上に積まれていたノートを、一冊一冊点検していたが、一番下になっていた表紙のピンク色のノートの内容に首を傾げた。三ページにわたってローマ字と数字が並んでいるだけである。

道原もそれを見たが、どのような意味を持つものなのか見当がつかなかった。

アドレスノートと、ローマ字や数字の並んでいるノートをあずかることを、茂子と不二子に断わった。

全員が部屋を出ようと、玄関のほうを向いたとき、電話が鳴りだした。全員の足がとまった。

「不二子さんが出てください」

道原がいった。

不二子は母親の顔を見てから、洋間に入って受話器を上げた。

「はい。そうですが。父はきょう、山に登っていて、亡くなりました」

「…………」

「あのう、どちらさまでしょうか?」

彼女は、そうきいてから、「もしもし、もしもし」と呼び掛けたが、相手は切ってしまったようだった。

相手は男だったという。

道原は不二子に、相手とのやり取りを再現してもらった。

男――堺川さんですか?

不二子――はい。そうですが。父はきょう、山に登っていて、亡くなりました。

男――そうですか。それはどうも。

不二子――あのう、どちらさまでしょうか?

男――えー。じゃあ。

相手はそれだけで切ってしまった。

おかしな男だ。不二子が、父は死亡したといったのだから、普通の人間なら、それをきいて驚くものだろう。そして、娘に対して、悔みの一言もいうものだが、「それはどうも」といった。まるで、留守をしているといわれたときのようではないか。

電話を掛けてよこした男は、もしかしたら堺川の死亡を確認したのではないか。

「何歳ぐらいの感じでしたか？」

道原は不二子にきいた。

三十代ではないかと思うと彼女は答えた。

道原は、この電話は重要だと、伏見に目顔でいった。

茂子と不二子は、浜の世話で松本市内のホテルに泊まることになった。

道原たちは署に帰った。

地域課をのぞいたが、小室も及川もいなかった。刑事課には、課長と芝本と宮坂が居残っていた。

堺川が死にぎわに口にした、「ルイコ（または、ルミコ）にやられた」といったのは女性名で、それはアドレスノートにある高城留里子のことではないかと、道原はいった。

「この女性の身辺を洗う必要があるな」

課長がいった。

「堺川の『百名山』踏破は女性の企画だったそうです。彼に同行して山に登っていた、新聞記者の中森が堺川からそれをきいていたそうです」

「堺川は、その女性の名を口にしたのかな？」

「私もそんな気がします。堺川は、女性の罠（わな）にはまったと感じたんでしょうね」

「女性に殺（や）られたというと、彼はその女性から恨まれていたのかな？」

「彼のマンションには、身なりのいい四十歳見当の女性が出入りするのを、家主が見ています」

課長はうなずくと、県警本部に電話を入れた。警視庁を通じて、品川区東五反田の所轄署に、高城留里子の居住該当があるかを確認してもらうことにした。

伏見が堺川の部屋から持ってきたもう一冊のノートを開いた。最初のページはローマ字の羅列だ。二ページ目と三ページ目は数字ばかりである。

〔SKIRISHSARABABRCDCDUSUSUMCYCYIKAKAKWOWO
AGIGIFLFLAFRURUBNBNMAMAATETEKKPKPIOWP
P〕

一行あけて、また同じような訳の分からないローマ字が数行並んでいた。

数字も同じで、〔７４４６０１３２７６９〕といった具合に、区切りなく並べてあるだけだった。

伏見はノートの三ページをコピーし、芝本と宮坂に渡した。暗号か乱数ではないかというのだ。

警視庁大崎署から連絡が入った。

管内の品川区東五反田五丁目×番×号はマンションで、これの六〇七号室にはたしかに高城留里子（たかしろるりこ）という女性は居住している。彼女は三十七歳で、職業はデザイナー。受持ち交番の調べでは独身で一人暮しとなっているということである。

道原と伏見は、高城留里子を内偵するため、あす上京することになった。

「あした、堺川の別れた女房と娘に、彼の部屋の中を調べてもらおう。それには、芝本と牛山が立ち会ってくれ。また、大金が隠されているんじゃないか」

課長はいった。

「銀行を調べる必要もありますね」

道原は、ノートにメモを取りながらいった。

「それもやってみよう。堺川はここ何年間も働いていなかったようだ。蓄えのなかった者が、何年間も働かず、あっちこっちの山を登っていられたというのはおかしい」

道原たちは帰り仕度をしたが、芝本だけが、堺川の遺したローマ字と数字のコピーにじっと目を落としていた。

25

けさの新聞には堺川理三の遭難が大きく載っていた。信濃日日新聞は、〔百番目の山頂を目前にして無念の死〕とタイトルを打っていた。

道原と伏見は、東京へ向かう特急列車の中でその記事を読んだ。クサリのつながれていたボルトを、何者かが切断したらしい痕跡（こんせき）があることを書いてあった。だが、堺川のダイイングメッセージは載せていなかった。彼の言葉がはたして人名であるかどうかは不確かであるし、それが人名だった場合、捜査に影響すると考え、豊科署は伏せることをマスコミに約束させたのだった。

大崎署の刑事課に、高城留里子を内偵することを断わった。

彼女の住む七階建てマンション界隈（かいわい）は門構えの立派な家が何軒もあった。家主の記録で、彼女が経営しているブティックが分かった。

彼女は一人暮しだが、ときどき五十半ばの男が訪問することを彼の妻と一部の入居者が知っていた。

馬岡カメラマンの撮った堺川の写真を見せたところ、彼ではないと言下に否定した。年齢は似たりよったりだが、体格がまったく違うという。

留里子の店は原宿だった。女性店員を一人置いている小さな店だった。

街路樹の陰から、伏見が店を出てきた留里子を撮影した。彼女はわりに小柄だった。

マンションの家主や入居者は彼女のことを、明朗で愛想のよい人と評していたが、面貌にもそれが表われていた。

伏見は、留里子に直接会ったほうがよいのではといった。彼女の話に不審な点があったら、従業員をつかまえて詳しく話をきこうということになった。

外出した留里子は、三十分ほどで店へ戻った。そこを道原が呼びとめた。彼女は黒いセーターの胸に手をやった。豊科署員だと名乗ると、

「堺川さんのことですか？」

と、頰を強張らせてきいた。

原宿駅のほうへ二〇〇メートルばかり寄った喫茶店へ入って、向かい合った。

顔は小さいが、鼻が高くてととのった器量をしていた。

彼女は、けさの新聞で堺川の遭難を知り、飛び上がるほど驚いたといった。

「堺川さんとは、どういうお知り合いですか？」

道原は、薄く紅を塗った唇を見てきいた。

「三年ほど前の夏でしたか、信州の蓼科山でお知り合いになりました」

「あなたも山登りをなさるんですか？」

「わたしは、堺川さんと違ってハイキング程度です。蓼科高原に別荘のあるお友だちと二人で登ったのですが、急に雨に遭いました。わたしたちはほんの軽い気持ちで登ったものですから、いい加減な雨衣しか持っていなかったのです。雨に濡れて困っているところへ、堺川さんが通りかかり、わたしたちの姿に見かねたようで、ご自分のレインウェアとセーターを貸してくださいました。堺川さんはこうもり傘を持っていらして、それをさして山荘まで送ってくださったのです」

山荘で、堺川が「百名山」を登っている話をきいた。彼の住所をきき、東京へ帰ってから山の礼にセーターを送った。

彼からは丁寧な礼状が届いた。その後、松本市へ転居したという通知がきて、それには電話番号が書いてあった。一年後、上高地から徳本峠へ行きたいと電話を掛けると、彼は一緒に行くといった。

彼は「百名山」を登るだけあって、健脚だし山のことをよく知っていた。

その秋彼は、今年はいくつ山に登り、通算何十の頂に立ったという手紙をくれた。

「百番目の登山を達成されるものと思い、安全をお祈りしていましたのに……」

彼女は眉(まゆ)を曇らせた。

一昨日はどこにいたのかを、道原はきいた。

「お店におりましたが……」

彼女は丸い目になった。

山に登ったことのある人なら、奥穂登山はそう困難ではない。クサリを取りつけたボルトを、鉄ノコで切断することぐらい女性でもやれる。

だが、留里子の話をきき、表情を観察していると、堺川を転落死させることを企むような女性には見えなかった。

「きのうは、どちらに？」

道原は、なおきいた。

「いつもどおり、お店に出ていました」

留里子は、自分が疑われているのかときいた。

「堺川さんは、最期にある言葉を遺されました。人の名前です」

「まさか、わたしの名を……」

「ルリコさんときこえなくはない」

「わたしの名に似た名前の方をご存じだったのではありませんか？」

「お心当たりがありますか？」

「いいえ。わたしは、堺川さんのお友だちやお知り合いを知りません」

「あなたと一緒に、蓼科山へ登った方のお名前は？」

「前島春子（まえじまはるこ）さんです」

念のために、伏見は前島春子の住所をきいて控えた。彼女は渋谷区内に住んでいて、大手造船会社副社長の娘だという。一度結婚したが、現在は独身で、フラワーデザインをやっているという。

「高城さんのお住まいを、堺川さんが訪ねたことがありますか？」

「いいえ。一度も」

彼女は強く首を振った。

道原と伏見は、前島春子に会った。高台にある住宅街のマンションが、住まいとアトリエになっていた。

春子は、留里子が五十代の男性と交際していることを知っていた。その男性は赤坂で、小規模ながら堅実な貿易会社を経営していることが分かった。留里子のマンションへ出入りしているのはその男性のようだ。

夕方、原宿の留里子のブティックを張り込み、帰宅する女性従業員をつかまえた。

彼女の話から、留里子が一昨日も昨日も、平常どおり店に出ていたかを確認した。店には顧客がきて、留里子が会っていることもきいた。

高城留里子は、堺川が転落した日とその前日、奥穂に登ってはいなかったようだ。

彼女の背景に暗いものは感じられなかった。五十半ばの男性と親しくしているが、その男性も独身ということが分かった。

ここまで調べた段階で、留里子を捜査圏内からはずすことにした。彼女には堺川を殺す動機が浮かんでこなかった。

この日、芝本と牛山は、堺川が住んでいたマンションへ行き、茂子、不二子母娘が室内を片づけるのに立ち会った。

テーブルの引き出しや、整理ダンスや、押し入れの内部まで細かく見たが、目を見張るような物は発見されなかった。

ただ、テーブルの引き出しに、銀行と信用金庫のカードが入っていた。これによって彼が二つの金融機関と取引をしていたことが明白になった。

署では二つの金融機関に連絡し、堺川の預金口座を確認した。

堺川は、松本市内のH銀行支店に貸金庫を登録していた。

芝本と牛山は、捜査令状を持ってH銀行へ走った。

堺川の金庫が開けられた。

預金通帳二冊と、生命保険証書が一通入っていた。

預金通帳の残高合計は二千六百二十万円だった。松本市へきてからの約二年間に、七回に分けて二百万円から四百万円が入金されていた。最初彼は、銀行と信用金庫に三百万円ずつ預けて口座を設けている。つまり彼は、東京から預金できる現金を六百万円持って松本市に転居したことになる。

離婚した茂子の話だと、堺川はまともに働いていなかったようだ。そういう人が松本市にきてからも、まとまった金額を七回も入金している。

いったい堺川はなにをして稼いでいたのか。そしてなにが原因で殺されたのか。

彼は奥穂山頂を目前にして転落したのだが、彼の摑んだクサリはそれがつながれていたボルト部分が切断されていた。登ってくる者がそれを摑んで体重を掛けた瞬間に切れることになっていた。

加害者は、無差別殺人を狙ったとも考えられるが、東鎌尾根で死んだ本条真介の例がある。本条は激しい雷雨の中を槍ケ岳に向かっていた。岩場の矢印が指している方向を信じて進んだら、途中で進退きわまった。怪我をして動けなくなった。

彼は妻の知らない預金を隠していた。病気で休職中に手に入れた金だった。

この例からみて、堺川も何者かの手によって生命を狙われた。衆人環視の中で転落したのだが、彼は、「×××にやられた」というダイイングメッセージを何人かの耳に灼きつけて事切れた。

堺川の預金額を見て、豊科署は殺人を確信した。

生命保険は、郵政省の簡易生命保険で〈ながいきくん〉とネーミングされた特別終身型。契約は堺川が松本市に移転した日だった。保険金額は一千万円。契約者と被保険者は堺川理三。七十歳に達しての生存受取人は本人。死亡の場合の受取人は、娘の佐藤不二子になっていた。

保険証書は不二子に渡され、二冊の預金通帳は署があずかった。

保険証書を手にした不二子は、涙ぐんだ。母と離婚して遠くに住むようになった父に、何年かぶりに肉親を感じたのではなかったか。

茂子と不二子は、松本市内で堺川を荼毘に付した。遺影のない火葬だった。

二人は、豊科署員に見送られて松本駅の階段を登った。

26

東京で一泊した道原と伏見は、赤尾杏子の実家を訪ね、母親に会った。

道原は、先日の芝本の非礼を詫びた。

「いいえ。隠しておりましたわたしたちが悪かったのです。早く芝本さんに相談すればよかったのに、申し訳ありませんでした」

五十半ばの母親は、畳に両手を突いた。

堺川理三の転落死を話すと、母親は、きのうの新聞で読んだといった。

その堺川を知っていたかときくと、彼女は蒼ざめた顔を横に振った。

道原は、あらためて杏子の遺品のアドレスリストを見せてもらいたいといった。

彼女は、不安そうな目つきをして膝を立てた。

杏子のアドレスノートは、新書判の大きさだった。六十人ぐらいの人名と住所がペン字で記入されていた。

それに堺川理三は載っていなかった。

杏子と堺川の共通点は、山で死亡したことと、金額の差こそあれ、収入源不明の金を持っていたところである。

次に、古岩吾郎の妻昌子に会いに行った。やはり夫の遺した住所録を見せてもらったが、堺川の名はなかった。

道原と伏見が帰りかけたとき、

「この前、サチさんに会いました」

と、昌子がいった。

サチは、古岩と親密だった上野のクラブで働いている女性である。

「あなたが会いに行ったんですか？」

「電話が掛かってきて、寄っていいかというものですから、どうぞといいました」

サチはすぐに現われ、古岩からもらっていた金を全額ではないが返しにきたといった。

「主人があんたに上げたお金なんだから、返すことはないじゃないとわたしはいったんですが、『奥さんに悪いことをしていたので』といって……」

「サチさんは、いくら持ってきたんですか？」

「五十万円です」

「あなたの苦しみや悔しさからいったら、五十万円は安過ぎるでしょうが……」

道原は、昌子にも交際中の男性がいるのを思い出して、次の言葉を呑み込んだ。

昌子は、サチから受け取った金をそっくり郵便局に預けたといった。

サチが古岩から月々金をもらっていたのは、一年も昔のことである。彼女はこの一年間、ずっと古岩の妻の気持ちを考えていたのだろうか。古岩の不慮の死が、彼女の胸にしこりをつくっていた。そのしこりを取りのぞくために、サチは昌子に金を返す気になったのではないか。

道原たちは最後に、本条真介の妻に会った。あらためて彼のアドレスリストを見せてもらったが、やはり堺川の名は見当たらなかった。

夜八時過ぎに署に着いた。刑事課に芝本だけが残っていた。宿直なのかときくと、考えごとをしていたのだという。彼の前には、堺川のノートの写しがあった。暗号と乱数表らしき、ローマ字と数字の羅列である。

次の朝、芝本は目を輝かせて出勤した。

堺川のノートのローマ字の羅列はやはり暗号らしく、人名らしきものを解読したというのだった。

「人名……」

道原は、芝本の顔に目を向けた。

「頭の十字、ＳＫＩＲＩＳＨＳＡＲは、スキリシュ・サールで、山名だと思います」

「きいたことがないが、どこの国の山だ？」

「パキスタンのヒスパー山脈の中央部にあって、標高は約六五〇〇メートルです」

「よく知ってるなあ」

「いろんな物に当たっているうち、山名ではないかと気がついたんです」

伏見も牛山も宮坂も、芝本を囲んだ。

「その十字のあとにＡＢＡＢとありますが、それには意味がなくて、五番目のＲが人名の最初の読みではないかと気づきました。Ｒの次に並ぶＣＤＣＤはやはり次の文字を隠すためのもので、Ｕを読ませます。つまり五番目の文字を拾っていくと、ＲＵ（ル）ＭＩ（ミ）ＫＡ（カ）となります」

「ルミカか」

「ここで九文字、訳の分からないローマ字を並べてあるのは、名前と名字を分けたのだと思います。十番目のＦから五番目の字を拾っていくと、ＦＵ（フ）ＮＡ（ナ）ＫＩ（キ）となります」

「ルミカ・フナキ……フナキが姓でルミカが名だろうな」

堺川は死にぎわに、「ルイコ（またはルミコ）にやられた」と何度かいっている。それで彼のアドレスリストを見たところ、高城留里子が載っていた。堺川は、「ルリコにやられた」といったのだろうと推測し、彼女の身辺を嗅いでみた。が彼女には堺川が転落した日に確たるアリバイがあった。それに彼女に直接会っての感じでは、事件とは無関係のようだった。これは道原の刑事としての長年の勘である。

堺川が口にしたのは、「ルイコ」でも「ルミコ」でも「ルリコ」でもなくて、「ルミカ」だったのではないか。

芝本は、昨夜はそこまでしか解読できなかったといった。彼はその人名に自信を持っているようだった。

ローマ字の羅列は一行あけて、同じように並んでいるが、もしかしたら次は、住所ではないかという気がすると、彼はいった。

「数字は、丁目、番地。それから電話番号ということが考えられるな」

「そう思います」

「よく気がついたな?」

「頭の十文字がなんだか分かりませんでしたが、それが分かったあとは、すぐに解けました。暗号で三番目とか五番目の字を拾っていくという並べ方は、単純なほうです。地名などの中に意味が織り込んであったりすると、容易には解けないでしょうね」

伏見ら三人は、半ば口を開けて芝本の話をきいていた。

「小室君を呼んでくれ」

道原がいうと、最年少の宮坂が目が覚めたような顔をして、飛び出して行った。

小室は、くわえタバコでやってきた。

堺川は、「ルミカにやられた」といったのではないかと道原がきくと、

「そういわれると、そんなふうにもきこえました」

といった。

一歩遅れて及川もやってきた。道原の話をきいて及川も小室と同じ答え方をした。

四賀課長が出勤した。

芝本が解読した人名を話すと、

「当たっていたら、すごいぞ。芝本」

といって、あらためて暗号表を手に取った。

次の朝、芝本は、堺川の暗号表から住所を解読したといって出勤した。

それによると〔港区白金台三―一〇―×―×××〕ということになった。

数字はまだ並んでいた。この乱数表の中に、電話番号が隠されているのではないか、と

芝本はいう。電話番号のほうは、氏名のように、四字おいて五字目を拾うといった単純な並べ方でなく、並んでいる数字を加算し、その数が何番目の数字に当たるといった具合に複雑な組み合わせになっているらしいという。

芝本の解読した住所に、「フナキルミカ」と称する人物がいるかどうかを、警視庁に照会した。

それに対する回答はすぐにあった。

照会の住所はマンションで、そこには「船木瑠巳加（ふなきるみか）」という女性が居住していることが確認できたが、実際には何人で住んでいるのか、なにを職業にしているのかは調べていない。彼女は同住所に住民登録をしておらず、年齢や本籍なども不明という。所轄の警視庁高輪署は、捜査が本人に知れることを懸念して、居住の有無の確認にとどめたのだった。

あらためて高輪署に連絡し、船木瑠巳加の写真を撮ってもらうことにした。

その写真は翌日届いた。

「恰好（かっこう）のいい女だな」

彼女の写真を見て課長がいった。

黒っぽいスーツを着た彼女は、細身ですらりとしている。顔をアップにした写真もあった。眉は描いたように細くて長い。ややキツい感じの目は大きくて、鼻は高く、日本人ばなれした容貌である。年齢は三十代後半のようだ。

「堺川は、この女に殺られたといったんだろうか?」

課長が写真に見入っていった。

「堺川は、『百名山』を、女性の企画によって踏破することにしたそうです。それを企画したのが、この女性だったんじゃないでしょうか?」

道原も写真を見ながらいった。

「そうすると、船木瑠巳加という女は、堺川を山で殺すつもりで、『百名山』に登らせていたのかな?」

堺川が百番目の頂を目前にして死ぬ。これが彼女の計画だったというのか。そうなら、彼と彼女はどういうつながりだったのか。彼はなぜ彼女の企画に則って山に登っていたのか。

道原は、高輪署が撮った写真を、堺川が住んでいたマンションの家主に見せた。

「顔を近くで見たわけではないので、確かなことはいえませんが、似てはいます」

堺川の部屋を訪ねた女性のことを、家主は慎重な口ぶりでいった。

道原は家主夫婦の顔を見て、堺川を訪ねていた女性は船木瑠巳加に違いないと感じた。

27

道原と伏見は、東京で船木瑠巳加の背景をさぐることになった。

高輪署の刑事課へ寄った。瑠巳加の居住を確認した池上(いけがみ)刑事がいて、彼女の年齢と本籍が分かったといってメモをくれた。

船木瑠巳加は三十八歳。本籍は横浜市で、本籍地には、母親と兄の家族が住んでいる。彼女は婚姻していない。

それ以上は調べていないが、必要なことがあったらいつでも協力すると池上にいわれた。池上にきかれて、道原は彼女を調べることになった経緯を詳しく説明した。池上は堺川の事件を新聞記事で知っていた。強い関心を持っていたが、管内に堺川の関係者がいるとは想像もしなかったという。

彼の描いてくれた地図を手にして、彼女の住所であるマンションの前に立った。住宅街の中に建っている八階建てのマンションは年数を経ているが、高級感があった。各室は分譲だが、買い取った人が貸しているという。

彼女の部屋は四階の中央部だった。薄茶色の壁にくすんだ緑色のドアがはまって重厚な雰囲気をだしていた。

四階へ上がる前に一階のメールボックスを見たが、彼女の部屋番号のところには氏名がなくて「ＦＯＲＥＩＧＮ　ＲＥＰＯＲＴ」という名札が入っていた。

それと同じ名札が四階のドアにも貼ってあった。

その名札をカメラに収めてから、一階へ下りた。あらためてメールボックスをのぞいたが、なにも入っていなかった。

「勤め人ではなさそうですね」

伏見がいった。

「自宅で仕事をしている人かな？」

他のメールボックスにも英字の氏名の札が入っているのがあった。外国人も何人かが居住しているらしい。

高輪署の池上が調べておいてくれた彼女の部屋の持ち主に当たった。品川駅に近い港区高輪で、小規模な貿易会社を経営している人だった。

その人は六十半ばで白髪の紳士だった。

船木瑠巳加の経歴の一端が、その人の話で分かった。彼女は以前、ネパールの首都カトマンズに本社のあるココ・モンゴメリー航空の社員で、現在は語学を活かして、商社の依頼で外国の特殊な情報を入手する仕事をしているらしいという。

「一人暮しの女性にマンションの部屋を貸すについては、こちらは条件をつけましたが、船木さんはかなりの収入を得ているようでしたし、保証人もしっかりしていましたので、入居していただくことにしました」

それは三年前だったと白髪の紳士は答えた。

「保証人は、どなたが？」

道原がきいた。

「横浜にいらっしゃるお兄さんです。何年も前に亡くなられたお父さんの後を継がれて、船会社を経営なさっています」

瑠巳加が借りている部屋の家賃は三十七万円だという。

ココ・モンゴメリー航空の日本支社は千代田区有楽町にあった。

そこで彼女の経歴を知ることができた。

彼女は、横浜の大学を卒業し、三年間、アメリカに留学した。帰国してココ・モンゴメリー航空に入社し、七年間、日本支社に勤務した。退職したのは六年前である。

その後、彼女がどこに勤めているのか、なにをしているのかの消息を知っている人は同社にはいないということだった。

彼女の住所には「ＦＯＲＥＩＧＮ　ＲＥＰＯＲＴ」という名札が出ていたが、それについても知られていなかった。

「船木さんのことを、長野県の警察の方がなぜお調べですか？」

面接した木場という副支配人はきいた。

「最近、管轄内で遭難した男の人が、船木さんと思われる人名を口にしました」

「その方はお亡くなりになった？」

「岩場で転落して、間もなく」

「新聞に大きく出ていた、穂高での遭難ですか？」

好奇心からか、木場の目が光り始めた。

「奥穂の山頂近くです」

木場は、学生時代に北アルプスに何回か登り、奥穂の岩場も経験しているといった。だから、堺川が百番目の頂上を目前にして転落したという記事が強く印象に残ったという。しかも、堺川が摑んだクサリを固定したボルトが、人の手によって切断されていたと書いてあったのだから、それを読んだ人は、しばしば目にする山岳遭難の記事よりも強い関心を持ったのは当然だ。

「船木さんには登山経験があったでしょうか？」

道原は、木場の表情を見ながらきいた。

「なかったと思います。少なくとも私はきいたことがありません」

「船木さんの、交友関係をご存じですか？」

「さあ。……彼女が当社に勤めていたころは、友だちのことをきいていたと思いますが、いまは思い出せません」

木場がいうには、瑠巳加は語学が堪能だし、事務能力もすぐれ、当時の支配人には気に入られていた。主に貨物業務を担当し、ミスの少ないスタッフとして、信頼性も高かったという。

「山男と船木さんは、私の持っているイメージでは結びつきません」

木場は首を傾げた。

「木場さんは、最近船木さんにお会いになっていますか？」

「いいえ。当社をやめた直後に何回か会いました。それは仕事のことで、彼女でないと分からないことをきくためでした。彼女は気さくな性格で、不明な点を電話で質問すると、次の日にはここまできてくれました」

「当時の船木さんは、どこに住んでいましたか？」

「ご両親と一緒に横浜にいました」

現在はどこに住んでいるのか、結婚したのかも知らないという。瑠巳加の近況は彼には届いていないようである。

彼女の退職理由は、船会社の社長である父親の秘書を務めるというものだった。父親が没したことも、木場は知らなかった。

「退職したのが六年前というと、彼女は三十二歳でしたね。縁談でもあったんでしょうか？」

「好きな人はいたかもしれませんが、彼女からその手の話をきいた覚えはありません。きれいな人ですから、社内では男でも女でも、彼女には関心を持っていました」

木場の話を総合すると、瑠巳加は淡白で、男性的。考え方を明確に表現し、暗さや湿っぽさがない。会社へはたいてい黒か白のモノトーンで通ってきていたし、服飾の好みはシンプルだったという。

道原は瑠巳加に直接会うことにした。

有楽町から目黒へ向かう電車に乗ると、ふと芝本の前髪を額に垂らした顔が浮かんだ。彼は無口な男だ。彼がいなかったら、船木瑠巳加のことを調べに上京していなかったような気がする。彼の執念が、堺川の遺した暗号表や乱数表を解読させた。彼の執念には、かつて恋人だった赤尾杏子に対する思いが込められているに違いない。彼は彼女と交際している間、彼女の陰の部分を知らなかった。それが彼女の死によって表面に浮いて出てきた。

ほんとうは彼女は、彼にすべてを語りたかったのではないか。語れなかったのは、彼が警察官だったからかもしれない。

杏子は芝本と一緒に立山へ登ることにしていたのだが、彼の仕事の都合がそれを許さなかった。計画どおり二人が立山へ登っていたら、あるいは彼女は、自分のやったことを彼に話していたかもしれないし、不審な死に方をしなかったようにも思われる。

芝本はそれを感じ取っているような気がする。仕事を放り出してでも彼女と山行を共にしていれば、彼女を死なせずにすんだと、歯ぎしりしているのではないか。

瑠巳加の住むマンションに着いた。古くて風格のある茶色の建物は、無人の館のように静かだった。最上階あたりに西陽が当たり、窓ガラスが輝いていた。

瑠巳加は不在ではないかと思ったが、インターホンに澄んだ女性の声が返ってきた。

警察の者だが、と伏見が呼び掛けると、どちらの警察の人かとききかえされた。

「長野県豊科署の者です」

伏見はぶっきら棒にいった。

「長野県の……」

女性はそういってしばらく黙っていたが、ドアの鍵をはずす音がした。

ドアを開けた女性は、色白の面長だった。撫でつけたような髪をし、後ろで結んでいた。顔は小さめだが、目はくっきりとして大きかった。

「船木瑠巳加さんですね？」

道原がきいた。

「船木です」

口紅をひいていない唇が開いた。声は小さいがはっきりとしていた。

「あなたにぜひとも伺いたいことがあって、出てきました」

「どんなことをでしょう？」

彼女は、ドアを広く開けた。

「堺川理三さんについてです」

「山でお亡くなりになった、堺川さん……」

彼女の瞳にも眉間にも曇りが生じた。

彼女は、二人の刑事をリビングに通した。白と黒の絨毯を敷いた窓際に小振りのソファがあった。白いレースのカーテンは木の葉模様に織られていた。白い壁の色は少し濁っていた。年月がそうさせたようである。

「お疲れでしょうから、コーヒーでも淹(い)れましょうか？」

彼女は白いセーターの袖をめくるようにしていった。

道原は顔の前で手を横に振って断わったが、彼女はわずかに目を和(なご)ませて戸棚のほうを向いた。

28

「堺川さんとは親しかったようですね？」

緑色の花のついたコーヒーカップをテーブルに置いた瑠巳加に、道原はきいた。

「親しくはありませんでした。ただ、お知り合いというだけです」

熱いうちにどうぞと、彼女は湯気の立ち昇るコーヒーを勧めた。

「堺川さんとはどういうお知り合いでしたか？」

「上高地へ観光に行ったとき、わたしがカメラを持っているのを見て、『穂高を背景に撮ってあげましょうか』と声を掛けてくださったのが、お知り合いになるきっかけでした」

前に身辺を調べた高城留里子も同じようなことをいったのではなかったか。

「そのとき、あなたは一人で？」

「一人でした。ですから堺川さんは撮ってくださったのです」

「それだけのことで、お知り合いに？」

「梓川を見下ろす石の上に腰掛けて、山のお話をきかせていただきました」

「あなたは、登山をしたことは？」

「ありません。上高地へ行ったのも、そのときが初めてでした。こんな美しい場所が日本にあったのかと、感動したのをよく覚えています」

「それは、いつごろでしたか？」

「一昨年の五月でした。穂高はまだ真っ白でした」

　そこで彼女と堺川は名乗り合い、住所を教え合ったという。

「堺川さんは、ご自分で選んだ『百名山』を登っていましたが、彼はあなたにそれを話しましたか？」

「伺いました」

「そのとき、堺川さんは、『百名山』のうちいくつぐらいの山に登ったと話していましたか？」

「伺ったような気がしますが、忘れました。わたしには山のことはよく分かりませんし、山の名を教えられても、すぐには覚えられませんでした」

「あなたが上高地で堺川さんに出会ったとき、彼は山に登る途中でしたか。それとも下山したときでしたか？」

「上高地に泊まって、次の日に登るようなことをおっしゃっていたと思います。記憶違いかもしれませんが」

彼女の答え方は慎重だ。もし堺川が、穂高か槍に登るか、下ってきたときだったとはっきりいったとしたら、それは彼女の記憶違いか、虚言である。なぜなら堺川は、「百名山」の仕上げに槍から穂高を選んでいたのだ。

瑠巳加は、自分が気に入っているらしい黒のカップをテーブルに置くと、なぜ堺川のことを自分にきくのかと、わずかに眉に変化を見せた。

「堺川さんが、奥穂高の頂上目前で、どういう亡くなり方をしたのかは、新聞記事で知っていますね？」

「読みました」

「息を引き取る直前に、あなたの名を口にしたんです」

堺川は救助隊員に、「ルミカ」とはっきりいったのだといった。

「ですから私たちは、あなたと堺川さんはかなり親しい間柄だと判断しました。それでなかったら、こうしてわざわざ訪ねたりはしません」

「わたしの名を……。おきき違いではないでしょうか。それとも似たような名の方のことを、堺川さんはおっしゃったのではありませんか」

「私たちもそう思いましたが、似たようなお名前の人は、堺川さんのアドレスリストには見当たりません」

道原がいうと彼女は、左手の中指を額に当てた。なにかを考えているような表情だ。

「私たちは、あなたと堺川さんは、男女の関係以上の特別な間柄だとみています」

「どういう意味でしょうか？」

彼女の目尻がまた変化した。

「堺川さんは、手紙などを出すためでしょうが、アドレスノートを自宅に置いていました。たいていの人と同じようにです。ですが、あなたのお名前も住所もそれには載っていませんでした」

「わたしは、堺川さんからお便りをいただいたことはありません。リストに載せるほど親しくはなかったという証拠ではありませんか」

「そういうあなたに、どうして会いにくることができたと思いますか？」

「さあ……」

「あなたの氏名と住所だけが、暗号になっていたんです。それを解読するのに、手間がかかりました」

「暗号ですって……」

「なぜだと思いますか？」

「分かりません。もしかしたら、堺川さんのお遊びだったのではありませんか？」

「あなただけを暗号にしていた。息を引き取る直前に、あなたの名を口にした。特別な関係としか思えません」

「さっきも申し上げましたように、わたしは堺川さんと上高地で一度お目に掛かっただけです。それ以外の関係はありません」

彼女は、戸を閉めるようにぴしゃりといった。気の強そうな性格に見えた。

「あなたは、松本市の堺川さんの住所へ、何度か行っていますね？」

「いいえ。一度お会いしただけと申し上げていますのに」

「あなたによく似た女性を見た人がいるんです」

「人違いです」

瑠巳加は横を向いた。鼻がつんと高くてかたちがよい。

「あなたのメールボックスにも、この部屋のドアにも、フォーリン・レポートという名札が出ていますが、どんなお仕事を？」

「商社やマスコミが必要な外国の情報に応えています。わたしにはニュースの入るネットワークがあるものですから」

「商社は取引きをしたい国の都市などに社員を置いたり、マスコミは特派員を送ったりして情報を取っていますが、あなたにはここにいて情報の入る特殊なルートをお持ちなんですね？」

「商社が外国に社員を送ったりする前に、欲しい情報というものがあります」

彼女は横を向いたまま答えた。我儘娘が機嫌をそこねているような横顔だった。

「ココ・モンゴメリー航空に勤めているあいだに、そういうルートを開発したんですか？」

彼女は道原の顔にちらりと視線を向けた。すでに経歴を調べてきたのかといっているようだった。

「わたしはずっと前、アメリカにおりました。その間に知り合いが大勢できました。その人たちと情報交換をしているのです」

電話が鳴った。彼女はリビングを出て行った。廊下の先に仕事部屋があるらしい。ドアを閉める音がした。彼女の声は聞こえなかった。

「なにかきくことがあるか？」

ノートを手にしている伏見にいった。

「赤尾杏子や古岩吾郎や……」

伏見がいいかけたところへ、瑠巳加が戻ってきた。会話が短かったのは、来客中だから掛け直してもらうか、あとで掛けると相手にいったのではないか。

道原は、赤尾杏子、古岩吾郎、本条真介の名を挙げ、知っているかと彼女にきいてみた。

彼女は、誰にも心当たりがないと、無表情で答えた。

ココ・モンゴメリー航空の木場副支配人が語った瑠巳加とは、道原が受けた彼女の印象は異なっていた。六年間の生活になにかが起こって彼女を変えたのか。どこかに荒みが巣くっているように見えたが、それは道原の気のせいだろうか。

マンションを出ると、瑠巳加の印象を伏見にきいた。

「氏名や住所が暗号にされていた点をきいたとき、彼女は明らかに動揺していました。われわれが堺川の件で訪ねたそのことが、彼女にとってはショックだったんじゃないでしょうか。ソツのない答え方をしているつもりだったんでしょうが、終始緊張していましたよ」

「仕事の内容の説明も曖昧だったな」

「内容を明らかにしたくないんじゃないでしょうか」

「徹底的に洗ったら、なにか出そうな女だな」

「スタッフを置いているようでもないのに、あんなに家賃の高い部屋に入っていられる。たった一人のやることで高収入が得られる。……海外の情報を商社やマスコミに売っているといっていましたが、それは公にできない情報なんじゃないでしょうか？」

「秘密調査機関と同じで、一般には公表できない情報を取っているという話は納得できるが、おれにはあの名札が気にくわないんだ」

「フォーリン・レポートですか？」

「あの名札は、なにかの隠れ蓑（みの）という気がする。彼女と堺川には、仕事の上のつながりがあったんじゃないのかな？」

「彼の預金は、彼女の依頼によって動いた報酬でしょうか？」

「もしそうだったとしたら、彼女はたった一人で仕事をしているんじゃないだろうな」

「スタッフがいるということですか？」

「スタッフもいるし、組織があって、彼女はその中間にいる人間じゃないのかな？」

「なんの組織でしょう？」

道原は返事をせず、夕暮れの空を仰いだ。森に帰るらしいカラスが四、五羽飛んでいた。

29

高輪署の刑事課をふたたび訪ねた。午前中とは違って、五、六人が机の上の書類に顔を伏せていた。

刑事課長と池上に、瑠巳加のデータと彼女に会った印象を話した。

「彼女は自宅では一人で仕事をしていても、取引先とか、協力者のような人はいるはずですね」

池上はいった。

「そういう人をさがし当てたいんです」

道原はいった。

「彼女を、じっくり監視しましょうか」

刑事課長がいった。

張り込んで、瑠巳加の外出を尾行したり、出入りする人間の身元を調べるということだ。

長時間の張り込みや尾行を道原と伏見だけではやれないから、高輪署に頼むことにした。

彼女がどんな仕事をしているかに通じている人間はかならずいる。彼女の大学の同窓生などから、親しい人間の割り出しも依頼することにした。

高輪署は、今夜から彼女の自宅マンションを張り込むことになった。

彼女は昼間自宅にいたが、夜間外出することも考えられたし、夜になって彼女の部屋を訪れる人がいることも考えられた。

道原が彼女に、陰と裏面を感じているのは、堺川のノートにあった暗号である。これは芝本が解いたのだが、他の人名らしきものは織り込まれていなかったようだ。堺川は彼女の氏名と住所だけは、アドレスリストに載せておくわけにはいかなかったのだ。彼は、いつかリストを人に見られることを予測していたのか。それとも、彼女が、自分の名や住所の分かる物を身辺に置くなと指示したのか。

堺川は小型ノートをポケットにいれて死んだ。それに書いてあることは、山行中の覚え書きのみだった。のちの「百名山」出版に備えての見聞を記録していたようだ。

芝本は、堺川が自宅に遺したノートの乱数表には、電話番号も入っているだろうとみていたが、これは解けないでいる。数字の複雑な組み合わせが解読を容易にさせないらしい。堺川は、瑠巳加の電話番号を覚えてしまっていたのではないか。だからどこにも記す必要がなかったと思われる。

そう考えると、彼と彼女は頻繁に連絡を取り合っていたものと推測できる。

瑠巳加の氏名を隠さなくてはならなかったことと、彼の死亡——それは他殺だ——と、彼女の現在の仕事とは、チェーンのようにつながっているのではないだろうか。

翌朝、ふたたびココ・モンゴメリー航空日本支社の木場副支配人に会った。

二日つづきで刑事が訪れたので、木場の顔色はきのうと違っていた。瑠巳加が疑いをかけられていることを感じ取ったようである。

「彼女に直接にお会いになられたら、いかがでしょうか？」

「きのう、自宅で会いました」

「横浜の実家にいましたか？」

「現在は、港区白金台の高級マンションに住んでいます」

「それは知りませんでした。なにをしていましたか？」

「それを具体的に知りたいんです。彼女は話してくれましたが、内容については曖昧で、私たちはなにをしているのか理解できません」

道原は、この会社に在職中、彼女と親しくしていた同僚に会いたいといった。

木場はしばらく考え顔をしていたが、

「成田空港内の当社の事務所に、水巻（みずまき）という女性社員がいます。たしか彼女は船木君と同じ年ごろで、親しくしていたと思います」

といって、電話を掛けた。

彼は水巻という女性を呼び出すと、瑠巳加と親しかったはずだがときいた。

「水巻はきょうもあすも事務所にいるといっていますが、刑事さんは成田へいらっしゃいますか?」

と、送話口を手でふさいできいた。

道原は、きょう訪ねると答えた。

東京から「成田エクスプレス」に乗った。

赤と黒の配色の座席は八割がた埋まっていた。車両の中間に大型荷物の置き場があって、そこには色とりどりのハードケースが並んでいた。乗客の中には外国人が何人もいた。海外へ遊びに行くらしい服装の若い男女が、笑顔を向け合っていた。二十歳そこそこの女性グループが何組もいた。

座席にすわってから伏見は珍しそうに、女性グループのほうを見ている。道原にも伏見にも海外旅行の経験がない。

終点の成田空港までは約一時間二十分だった。

木場に教えられたように、エスカレーターを昇ったところで、水巻に電話を掛けた。彼女はすぐに迎えに行くといった。

「これは、迎えにきてもらわないと分からないな」

警官にパスポートを提示して、馴れた足取りで検問ゲートを通過する若い人たちを道原と伏見は眺めていた。

十分ほどで小柄な水巻が現われた。紺色の制服の胸に顔写真の入ったカードをつけていた。瑠巳加と同い歳ぐらいときいていたが、いくつか若く見えた。

小会議室といった部屋へ案内された。壁にココ・モンゴメリー航空のカレンダーが吊ってあった。

「こんなものしかありませんが、よろしかったら」

彼女は、ペーパーカップに注いだコーヒーを三つテーブルに置いた。指に銀色のリングがはまっていた。

水巻も最近の瑠巳加がなにをしているのか知らないという。

「今年も年賀状をいただきましたが、たしか住所は横浜のご実家になっていました」

瑠巳加は、現在のマンションに入居して三年あまりになるが、その住所を知らせていないのか。そこにも彼女の秘密が隠されているようである。

道原は、瑠巳加がココ・モンゴメリー航空を退職した理由を尋ねた。

「お父さまが社長なさっている会社にお勤めするということでした」

「あなたは、会社をやめた後の船木さんに会っていますか？」

「何度も会いました。彼女は会社へきたこともありますし」

水巻はそういってから天井に顔を向けて瞳を動かしていたが、

「船木さんが会社をやめて三年ぐらいしてからだったと思いますが、当社のネパール人の社員が、カトマンズ空港で彼女と会ったといっていました」

「ほう。なんの用事できたのか、その社員の方は彼女にきいたでしょうね？」

「彼女は、観光できたといったそうです」

「船木さんは、初めてネパールへ行ったんでしょうか？」

「在職中に二、三度出張で行っています」

「では、現地の事情に詳しいですね」

「日本にいるときも、ネパール人の社員から、現地のことはきいていましたから、ある程度の事情は知っていたはずです」

「会社をやめてからネパールへ行ったのは、観光だと思いますか？」

「彼女は高い山を見るのが好きでしたから、あるいはヒマラヤの八千メートル級の山を見に行ったのかもしれません」

「退職後、ネパールへ行ったことを、あなたは船木さんからきいていないのですか？」

「きいていません。しばらくは会ってもいませんし」

「船木さんは、山を見るだけで、登山はしないのでしょうか？」

「登ったという話はきいたことがありません。松本市や上高地が好きで、そこへはよく行っていました。彼女の在職中、わたしは誘われましたが、ご一緒できる機会がありませんでした」

道原は、よけいなことだと思ったが、ネパールの言語をきいた。

「ネパール語です。ヒンディ語の一方言です」

道原のネパールに関する知識は、日本の登山隊が中国のチベット自治区との国境にそびえる世界最高峰のエベレストをはじめ、カンチェンジュンガやダウラギリに遠征するたびに、新聞紙上で国名を目にする程度である。

道原は瑠巳加の生活をざっと話した。

「メールボックスにも、部屋のドアにも、フォーリン・レポートという名札を貼っていますが、どんな仕事をしていると思いますか？」

「外国のニュースでも取っているんでしょうか。彼女は英語が達者ですが、わたしには仕事の内容は分かりません」

水巻からきけたことはこれだけだった。収穫といえば瑠巳加が三年ほど前、カトマンズへ行ったという事実だ。しかし旅行の目的は不明である。

道原は水巻に礼をいって椅子を立ったが、思い出したことがあった。

「成田にいらっしゃるあなたなら見当がつくと思いますが、この空港で多額の報酬を得ることのできるアルバイトといったら、どんなことでしょうか？」

「多額の報酬ですか？」

彼女は、二人の刑事の顔を見て首を傾げた。思い当たらないという表情だ。

「多額の報酬を得られる女性のアルバイトがありますか？」

「さあ……。この周辺のホテルに泊まるお客相手の売春をしている女性はいますが」

「日本人ですか？」

「外国人もいるようです。でも、多額な報酬が入るかどうか……」

彼女は、多額な報酬とはどのぐらいの金額を指しているのかときいた。

「百万円単位です」

「えっ。そんな大金をもらえるアルバイトなんかないと思います。もしもあったとしたら、高価な物の密輸の手助けでしょう。でも検問は厳しいですから、誰もができるというものではありません」

「この空港のシステムなんかに精通していたとしたら、どうでしょうか？」

「わたしのように空港内のオフィスに勤めている者でも、立入ることのできない場所があります。百万円単位の報酬を支払えるアルバイトといったら、犯罪に触れることしか考えられません」

「犯罪に触れていることでは、どんなことが考えられますか？」

「最近こういう手口で通関しようとして、摘発されたケースが何件もありました。……東京の繁華街で、ＯＬやフリーターなどに、香港やヨーロッパ旅行へ同行することを勧めるんです。旅行費がタダになるし、ブランド品をもらえるといってです」

「そんなことをいったら、若い女性でも警戒するでしょ？」

「ところがその話に乗ってくる人がいるんです」

「若い女性を海外へ連れて行って、どうするんですか？」

「現地で買いつけた時計やバッグなどのブランド品を詰めたスーツケースを、若い女性に持たせ、彼女らの荷物として、帰りの飛行機に積み込んで、成田で通関させるという手口です」

「関税逃れを狙うやり方ですね」

「それが成功する場合があるので、やらせるんでしょうが、日本の税関もそう甘くはありません」

「引っかかれば、刑事罰ですが……」

「彼女らにやらせる業者は悪質ですが、女性たちには罪の意識は薄いんです。商売ではないということから、税関では刑事告発まではしなくて、関税法違反の罰金相当額を徴収しています」

「罰金はかなりの額でしょ?」

「なかには数百万円という例もあります」

「若い女性はびっくりするでしょうね?」

「その場で泣き出す人もいるそうです」

「成功すれば、彼女たちの往復旅費と現地のホテル代を差し引いても、業者はなお利益が出るということなんでしょうね?」

「日本女性のブランド志向を背負った犯罪ですね」

道原は、今度は宮坂朋恵の姿を思い出した。この前新宿で会ったとき、彼女は高級な洋服とバッグを持って、成田空港行きのリムジンバスに乗り込んだ。

兄の宮坂には、成田空港で人に会うことになっていたと説明したということだが、じつは悪質業者に一本釣りされて、香港あたりへ行き、ブランド品の詰まったスーツケースを持って帰ってきたのではなかったか。

30

高輪署では、船木瑠巳加の大学の同窓生の中から、彼女と親しい女性を三人さがし当てていた。

三人の住所や勤務先は分かっているが、直接会ってはいないという。彼女たちに会うのは道原と伏見の仕事と心得ているのだ。

一方、六人の刑事が、昨夜から交替で瑠巳加のマンションを張り込んだ。その結果、彼女はけさ十時半ごろ、白っぽい薄手のコートに身を包み、サングラスを掛けて外出した。二人の刑事がそれを尾行したところ、銀座のTホテルに入った。ラウンジにいた二人の男が立ち上がって、彼女を迎えた。まるで女親分を迎えた子分のようだったという。

「彼女と男たちは一時間ほど話し合っていましたが、男たちは一人ずつラウンジを出て、べつべつの方向へ歩いて行きました」

池上が話した。

先にホテルを出て行った男を、二人の刑事は尾行し、着いたところを確認した。その男は三十七、八歳で、身長は一八〇センチ近く、がっちりした体格。眉毛が濃く、角張った顔だった。

彼が着いたところは新宿区西落合のマンションで、入った部屋は仙波悦子という女性名義で借りている。

仙波悦子は、六時半ごろマンションを出、電車を利用して六本木の高級クラブに入った。ホステスだった。刑事は彼女に接触していない。したがって彼女名義で借りているマンションの部屋へ入った長身の男の氏名も、身元もいまのところ不明。

瑠巳加は午後四時ごろ単独で自宅マンションへ帰ってきた。それ以降は外出せず、訪ねてきた人もいなかった。刑事は今夜も、彼女を張り込んでいると、池上は説明し、尾行中に撮った男の写真を五枚、道原の前へ置いた。

男は紺色のスーツ姿だった。髪はすこし長めで、どう見ても一般企業のサラリーマンではなさそうである。

「二人の男とホテルで会った瑠巳加が、女親分のようだったという点が印象的ですね」

道原は池上にいった。

「男たちの態度から想像すると、彼女が支配権を握っているようです」

「瑠巳加は、きょうは二人の男と接触しましたが、配下のような人間が、ほかにもいる可能性がありますね」

「彼女の上部に誰かがいることも考えられます」

池上は、瑠巳加の加わる組織があるのではないかという。

高輪署が割り出した瑠巳加と仲の良かった同窓生三人に当たったが、三人とも彼女が現在、どんな仕事をしているのかを詳しく知らなかった。現住所は知っていて、年に二、三回電話はするが、瑠巳加は翻訳のアルバイトをしているといったという。三人のうち二人は今年の春、瑠巳加に会った。約一年ぶりだったが、以前と異なって目つきが険しくなり、強い酒を何杯も飲んでいたという。つまり彼女は変貌していたのである。その理由について同窓生は、彼女を変えた原因の想像はつかないと語った。

高輪署は、きのう瑠巳加と銀座のホテルで会い、新宿区内の仙波悦子のマンションへ消えた男の身元を割り出した。けさ、男がマンションを出て行ったのだった。そこを尾行したところ、彼は中野区野方の一軒家へ入った。そこが彼の自宅で、氏名は鎌倉茂男、三十八歳と判明した。

鎌倉は結婚していたが、一年ほど前から付近の人は妻の姿を見ていないといった。戸籍上は離婚していない。妻光子は都内小金井市に居住していることも分かった。

高輪署は小金井署に連絡して、鎌倉光子の勤務先を確認してもらった。

道原と伏見は、西新宿の高層ビルにある高級レストランへ光子に会いに行った。彼女はその店の事務社員だった。

三十四歳の彼女は、丸顔にメガネを掛けていた。

道原は彼女に、最も関心を持っていることをまず尋ねた。鎌倉が現在なにを職業にしているかということである。

「信じられないことでしょうが、知りません。彼が話してくれないのです」

彼女は目を伏せて答えた。

鎌倉は以前、新宿・歌舞伎町で、映画館やクラブをいくつも経営する会社に勤めていた。一時、映画館部門の責任者をしていたことも、大型クラブのマネージャをつとめたこともあった。が、その会社をほぼ二年半前にやめた。次にどこに勤めるのかも、なにをやるのかも妻の光子に話さなかった。

彼女はレストランへ出勤するが、彼は毎日、午前中寝ているらしかった。帰宅はたいてい深夜だった。半年ぐらいすると、帰宅しないこともあった。仕事があったというだけだが、彼女には好きな女性ができたことが分かった。

しかし鎌倉は、新宿の会社に勤めていたころの二倍の金額を彼女に渡した。給料なのか、自営事業で得た金なのかも不明だった。

光子は、鎌倉が恐くなった。正当な取引きによって収入を得ているようにみえなくなったのと、生活が荒んできたからだ。どこの誰かは分からないが、女性とは別れていないようでもあった。

彼女は、離婚するつもりで別居を宣言した。「そうか」と彼はいっただけだった。まるで離婚を望んでいたようである。

別居後も彼は光子の預金口座に、毎月二十万円を振り込んでいる――

光子の話で、鎌倉は都内の私立大学在学中、山岳部に所属し、ヒマラヤに遠征した経験のあることが分かった。

光子と結婚してからも登山をつづけていたかときいたところ、大学の先輩の由良一民（ゆらかずたみ）という男と何度も山に行っていたと答えた。

由良は、横浜市の倉庫会社の社員だったが、現在もその会社に勤めているかどうかは知らないといった。

光子の勘では、鎌倉は由良と組んでなにかをやっているらしいという。なぜかというと、中野区内の自宅に、由良がたびたび電話をよこしていた。以前はめったに電話をしてこなかったのに、鎌倉が会社をやめた直後から、電話の掛かる頻度が増えたからだという。

光子は、由良の住所を正確には知らなかったが、大田区大森だったと記憶していた。

電話帳に由良一民は載っていた。

大森署に、由良の居住と家族構成を調べてもらった。

由良は四十歳。父親の代から大森北二丁目の住宅に住んでいて、妻子と母親がいることが分かった。管轄交番の簿冊には、横浜市内の倉庫会社勤務と記録されている、という回答をもらった。

その倉庫会社に電話で在職を問い合わせると、約二年半前に退職していた。その後の職業も転職先も知らされていなかった。

大森署の刑事課に挨拶したあと、由良の住所付近で、彼の最近の生活状態を聞き込みした。

由良が転職したらしいことを、近所の人たちは知っていた。二年半ぐらい前までは、毎日午前八時には家を出て行った彼だったが、その後は午前中寝ているようだ。終日家にいることもあれば、夕方から外出し、明け方、タクシーで帰ってくる日もある。

住宅は古かった。それを今年の春、改築した。由良がなにをしているのか分からないが、会社勤めしていたころより収入が多くなったらしいと、近隣の人たちはみていた。

これらのデータから、鎌倉の妻光子の推測が的中していて、由良と鎌倉の生活のリズムが酷似していることが判明した。二人が前からの勤務先をやめた時期も一致していた。どうやら二人は現在同じ仕事をしているらしい。

近所の人からきいた由良の体格は、身長一七七、八センチで引きしまったからだつき。丸顔で年中陽に焼けた肌色をしているのは、学生のころから山登りをしているからだろうとみられている。

高輪署へ行って、きのう瑠巳加を銀座のホテルへ尾行した二人の刑事に会った。道原は、由良の体格と人相を話したところ、鎌倉と一緒に彼女に会ったもう一人の男によく似ているという。

高輪署はこの二人の刑事を、由良の自宅付近に張り込ませることにした。由良の人相を確認するためである。

べつの刑事たちは、きょうも瑠巳加の自宅マンション近くで張り込んでいたが、夕方の五時ごろ、タクシーで目黒駅ビルのマーケットで食料品を買い、誰にも会わず、一時間ほどで帰った。

訪問者は皆無だった。

道原と伏見は、西新宿のビジネスホテルに帰った。歩き回ったせいか、道原の足は棒のようになった。

二人は、ワンカップの酒を一本ずつ飲みながら、今度の出張で得たデータを検討した。

元ココ・モンゴメリー航空社員の船木瑠巳加の現在の職業は不明だが、高額の家賃を払えるだけの収入がある。

彼女は、二人の男を使ってなにかやっているようだ。彼女が使っている一人の男は鎌倉茂男。もう一人は鎌倉とは大学の先輩に当たる由良一民らしい。

鎌倉と由良は、約二年半前に、それまでの勤務先を退職し、フリーターのような生活を始めた。収入は会社勤めのころより多くなったようすが窺(うかが)える。最近の二人の生活パターンは酷似している。

道原たちが目を見張ったのは、二人とも大学時代から登山をやっていたことである。

あすは、鎌倉が勤めていた新宿の会社と、由良の前勤務先の倉庫会社から、各人の筆跡を取ることにした。

31

ホテルのレストランで朝食を摂っているところへ、高輪署の池上が電話をよこした。

由良一民の自宅を張り込んでいた刑事から連絡が入り、由良はタクシーで朝帰りした。

刑事はその彼をはっきり見たし、写真も撮ったが、一昨日、銀座のホテルで瑠巳加に会った二人の男のうちの一人に間違いないということだった。

由良はやはり鎌倉と組んでなにかやっている。彼らは瑠巳加の配下にいるらしい。

道原と伏見は、横浜市へ飛んだ。埠頭の近くにある倉庫会社はかなり規模が大きかった。そこで、かつて由良が書いた書類を見せてもらい、不要の書類を一枚もらった。

新宿・歌舞伎町の映画館やクラブをいくつも経営している会社では、鎌倉が書いた不要書類をもらった。これをファックスで、豊科署と、富山県警上市署の広島に送信した。

去年の十月下旬、立山の雷鳥荘へ宿泊した「S」と、本条真介が北アルプス東鎌尾根で死亡した前日、現場に近い山小屋に泊まった男のうちから、「A」と「K」という偽名の二人の筆跡と照合するためである。

二人の筆跡が合致したら、由良と鎌倉は、立山で死亡した赤尾杏子と古岩吾郎の事件に関係し、本条を径に迷わせて死亡に陥れた犯行に関与している可能性がありそうだ。

二人に会い、山小屋へなぜ偽名で宿泊したのかを追及できる。二人はなんと答えるだろうか。刑事にとっては気分が浮き、ぞくぞくする。

「鎌倉と親しくしている仙波悦子は、彼がなにをやっているか、薄々でも知っているんじゃないでしょうか?」

伏見がいった。

「知っているというより、彼らと同類ということも考えられるぞ」

道原はいった。

「ぼくは、彼女は鎌倉のやっていることを知っていても、同類じゃないような気がするんです」

「なぜ？」

「鎌倉や由良と同じことをやっているとしたら、彼女はクラブのホステスをしていないんじゃないでしょうか？」

「そうか。高収入を得られそうだし、生活が不規則だ。決まったところで働くわけにはいかないかもしれないな」

「鎌倉の筆跡が合致したら、仙波悦子に会ってみましょうか？」

道原はうなずき、豊科署に電話を入れた。

「伝さん。やったね」

四賀課長の声は上機嫌のようだ。

「『A』の宿泊カードの字と鎌倉の筆跡は合致した。『K』は由良に間違いない。二人とも字のクセがそっくりだ。意識的に別人に見せようとしても、筆跡は隠せないもんだねえ、伝さん」

上市署の広島からもたったいま連絡があり、雷鳥荘へ「S」の偽名で泊まった男は、鎌倉に間違いないと回答してきたという。

「よし。仙波悦子に会おう。彼女に会えば、鎌倉の九月二十一日のアリバイもきけそうだ」

「十月七日と八日のアリバイも確かめましょう」

「堺川理三が転落した当日と前日のアリバイだな」

その前に、鎌倉が悦子の住まいにいるか、自宅にいるかを確認する必要があった。悦子の住まいに彼がいるとしたら、彼女を訪ねたり呼び出すことはできない。

伏見に、証券会社の営業マンになりすませて、鎌倉の自宅へ電話を入れさせることにした。

「なんといったらいいでしょうか?」

伏見は生真面目な男だから、こういうことは不器用である。

「いい加減な証券会社の名をかたって、株式の取引きに興味があるかときいてみろ」

「あるといわれたら、どういいましょうか?」

「訪問していいかといえ」

「いいといわれたら？」

「あとは自分で考えろ」

伏見は、電話機に手を掛けて二、三分考えているようだったが、鎌倉の自宅の番号をプッシュした。

彼は三十秒と話さないうちに電話を切った。

「『うるさい。忙しいんだ』って、切られてしまいました」

彼は、頰（ほお）を殴られでもしたように左の耳を押さえた。

新宿区西落合の仙波悦子のマンションへ直接行くことにした。電話して呼び出そうとしたら、彼女は鎌倉に連絡するに違いないからだった。

そのマンションは、ゆるい坂を登りきったところにあった。

ドアを開けた彼女は大柄だった。顔立ちは派手である。いかにもクラブのホステスをやっていそうな雰囲気があった。

「外へ出ていただけませんか？」

ジーパン姿の彼女に道原がいうと、

「どんなご用でしょう。ここではいけませんか？」

ときいた。

「鎌倉さんがくるといけない」

彼女はさっと顔色を変えた。刑事はすでに自分の身辺を調べたうえで訪問したのかと思ったのだろう。

「着替えますから、ちょっとお待ちください」

彼女は、ドアを閉めようとした。

「鎌倉さんには連絡しないほうがいい」

彼女は目を丸くしてうなずいた。

悦子は、裾の長い緑色のカーデガンを羽織って、二人の刑事を坂の下の喫茶店へ案内した。

「私たちが訪ねて、驚きましたか?」

向かい合うと、道原はいった。

「はい」

「なぜ驚いたんですか?」

「刑事さんがこられたことなんて、初めてですから」

「私たちにきかれては、困ることでもあるんですか?」

「そんなことは……」

「ほんとうでしょうね?」

「ほんとうです」

「じゃ、私たちの伺うことに正直に話してくれますね？」

「どんなことをでしょうか？」

彼女は、道原と伏見の顔を交互に見てから、タバコに火をつけた。

道原は、鎌倉が現在なにをやって収入を得ているのかを尋ねた。

「商品相場をやっているときいていますが……」

「どんな商品の？」

「詳しいことは知りません。わたしがきいたこともありませんし」

「どこかに会社か事務所があるんですか？」

「それも知りません」

「隠しているんじゃないでしょうね？」

「ほんとうです。わたしのところへきても、そう長い時間いませんし」

「泊まって行くことがあるじゃないですか」

彼女はタバコを揉み消した。派手な顔立ちだが、嘘をつき通せない質のように見えた。

「鎌倉さんはときどき山に登りますね？」

「そういっています」

「最近はどこの山へ登りましたか?」

「知りません。きいたことありませんから」

「じゃ、いつ山登りに出掛けたかは知っていますね?」

それも知らないといって、彼女は首を横に振った。

「鎌倉さんは、奥さんと別居中です。あなたのところへは、しょっちゅうきているんでしょ?」

「週に二回ぐらいくることもありますが、二週間ぐらいこないこともあります」

「何日もこないときは、あなたが電話をするんですか?」

「いいえ。したことありません。あ、ずっと前、一回だけ掛けたことがあります。奥さんが出ましたのですぐに切りました。そのことを彼にいったら、叱られました」

「あなたは、由良一民という人を知っていますね?」

彼女はうなずいた。

鎌倉が由良を伴って、彼女が働いている六本木のクラブへ飲みにきたという。何回もきたのかときくと、三回ぐらいだったと答えた。

「あなたが働いている店は高そうだが、いくらぐらい取るんですか?」

「五万円ぐらいです」

「ほう。かなり収入のある人でないと、飲みには行けないね。主にどんな人がくる店ですか？」

「企業の人が多いですが、作曲家の先生とか、たまに芸能人もお見えになります」

彼女は、鎌倉のことをきかれているときよりも気楽な表情をして答えた。

「船木瑠巳加さんという女性を知っていますか？」

「芸能人ですか？」

「いや」

「知りません」

「鎌倉さんの知り合いです」

彼女は首を傾げた。知らないらしかった。

道原は、もう一度、鎌倉が最近山へ行った日を覚えていないかときいたが、さっきの返事と同じで、分からないと彼女はいった。

彼女の答えていることが真実なら、鎌倉は現在やっていることや、山行計画などを彼女には徹底して隠しているようである。

「鎌倉さんは、この不況時なのに、景気がよさそうですね」

「そうでしょうか……」

彼女は、そうでもなさそうだという顔をした。

鎌倉と親しい人を何人でもいいから教えてくれといったが、彼女は由良以外には知らないという。彼女のいるクラブへ連れてきたのは由良だけだったといって、タバコを箱から抜き出した。

32

鎌倉茂男に会うことにし、野方署に寄って捜査内容を説明した。場合によっては今夜にも彼を所轄署に同行して事情をきくことになりそうだ。

鎌倉の自宅は、住宅街の中の小ぢんまりした木造二階家だった。

外から見ると電灯はついていなかった。インターホンを押し、ドアをノックしたが応答がなかった。

「瑠巳加の口から、捜査が身辺に及んでいることを察知して、高飛びしたんじゃないでしょうか？」

伏見は眉を曇らせた。

「そうしたら、全国手配をするだけだ。犯罪に関係したことを自ら証明したようなものだからな」

道原はいって、駅へ向かいかけたが、ふと思いついたことがあって、ノートを開いた。宮坂の妹朋恵の住所が比較的近そうだ。

商店の灯りの下で伏見は地図を見ていたが、十分ぐらいで着けそうだという。

朋恵に電話を掛けた。不在ではないかと思ったが、呼び出し音が三回鳴って、低い女性の声が、「はい」とだけいった。

「朋恵ちゃんか？」

「はい」

「道原だ」

「あっ、おじさん」

「伏見君と一緒だ。朋恵ちゃんと飯でも食べたいんだが、どうだね？」

彼女はわずかにためらっていたようだったが、出て行くと答えた。

彼女に会うことが決まったので、署の宮坂に連絡した。宮坂は妹に、ちゃんとした勤めに戻るようキツくいってやってほしいといった。

朋恵は、ヒマワリのような色のセーターに黒いジーパン姿でやってきた。頭を下げると、伏見に照れるような笑い顔を向けた。十月初めに、西新宿で偶然出会ったときは、着飾って、おとなびた表情をしていたが、今夜の彼女には少女のようなあどけなさがあった。

彼女が先に入った店は、小さな割烹だった。何度もきたことがあるらしく、座敷は空いているかと女将にきいた。

宮坂や両親が気にしていることだけを、道原は彼女に伝えた。

「おじさんたちにまで心配かけて、すみません」

彼女は、道原の盃を受けながらいった。

「おじさんと伏見さんは、今度も仕事で？」

「当たり前じゃないか。朋恵ちゃんに会いにきたと思ったのか？」

伏見がいった。

「ううん。そうじゃないけど……」

彼女は口ごもった。

「仕事って、穂高で転落して死んだ人のことを調べているんでしょ？」

「そうだよ」

伏見はふろふき大根を箸で割った。

「わたし、死んだ堺川さんという人、知っていました」

道原は口にふくんだ酒を吐いた。おしぼりで顎を拭った。

「どうして知っているの？」

「松本で一回、成田で二回会いました」

「空港でか？」

「はい」

「詳しく話してくれ。まさか、あんたから堺川の名が出るとは思ってもいなかった」

道原は背筋を伸ばした。

伏見は箸を置いた。

朋恵は怖(おじ)けづいたような顔になった。

彼女が堺川に最初に会ったのは、松本市内の印刷会社に勤めていた今年七月だった。会社の帰り道で呼びとめられ、「東京で報酬のよいアルバイトをしないか」といわれた。彼女はとっさに、風俗関係の仕事を想像して、首を横に振ると、堺川は名刺を出した。住所は市内だった。

堺川は彼女を駅前の喫茶店に誘い、アルバイトをする気があるなら仕事の内容を説明すると切り出した。

朋恵は、東京へ出たいと思っていると答え、報酬とはどのぐらいなのかをきいた。堺川は答えた。その金額をきいて、彼女はアルバイトをやる気を起こしたが、危険のともなうことではないのかときくと、成田空港で手荷物を渡すから、それを指定した場所へ届ければよいという。

なぜ自分で届けないのかというと、その荷物が外国から届いたときは、空港でやらなければならないことが山ほどある。だから運んでもらう人が必要なのだと堺川はいった。

その仕事は毎日ではないというから、彼女は新聞や雑誌の求人欄を見て、アルバイト先をさがした。

化粧品販売会社がマネキンを募集していたので、それに応募して採用された。

八月に、両親と兄を説得して上京し、中野区内でアパートを見つけ、電話を入れ、その番号を松本市の堺川に連絡した。堺川は、数日後の夜に連絡するといったが、彼から電話があったのは九月初旬だった。

彼は、「パスポートはあるか」ときいた。今年の春、友だちとハワイへ行く予定だったので、去年のうちに取得していた。友だちの一人が病気になって、ハワイ旅行は中止となった。

東京にいたとき、成田空港へは海外旅行をする友だちを見送ったり、出迎えたりで、二回行っていたから、堺川が指定した場所の見当はついた。

堺川は、第一旅客ターミナルビルで待っていた。「松本で会ったときより、ずっときれいになったね」と、彼は目を細めた。

朋恵が緊張していると、彼は到着便出口のところへ彼女を連れて行き、「今夜の×時に、あそこから私がスーツケースを持って出てきます。そのケースを持って東京へ帰ってください」といわれ、そのあと、ケースをどうするかを指示された。彼は差し当たっての報酬だといって、十万円の入った封筒をくれた。

堺川が到着便出口から黄色のスーツケースを転がして出てきたのは、二時間後だった。早く東京へ帰るようにと、硬い表情をしていった――

「そのとき、朋恵ちゃんはスーツケースをあずかって電車で東京へ帰ったの？」

道原は彼女の顔を注目してきいた。

「成田エクスプレスで帰りました」

「ケースは重かった？」

「やっと持ち上げられるぐらい重かったです」

「堺川は中身はなにかを話したのかね？」

「海外旅行から帰ってきた人のおみやげといっていました」

「電車をどこで降りたの？」

「東京です」

「それから？」

「堺川さんにいわれたとおり、タクシーに乗って、芝公園にあるTホテルへ行きました」

有名ホテルだ。

「誰に会ったの？」

「名前は知りませんが、ロビーへ入って行くと男の人が近寄ってきて、わたしの名前をききました。その人は、『ご苦労さま』といって、スーツケースと引き替えに封筒をくれました」

「封筒には現金が入っていたんだね？」

「はい」

「いくら？」

「………」

朋恵は顔を伏せた。

「いいなさい」

「四十万円です」

「成田空港から東京のホテルへスーツケースを一個運んだだけで、そんなに高額な報酬をもらった。なにか悪いことをしたような気はしなかったかね？」

「ちょっと怖いと思いましたけど……」

彼女はすわり直すように、もじもじと動いた。そう強く罪の意識は持たなかったようである。

「ホテルでスーツケースを受け取った男の顔や年齢を覚えている？」

「背の高い……」

彼女は男の年齢を思い出しているようだったが、

「おじさんよりも、ずっと若いと思います」

「曖昧だな。三十半ばとか、四十ぐらいとか」

「おじさんはいくつですか？」

「四十六だ」

「じゃ、四十ぐらいです」

「身長は？」

「伏見さんと同じぐらいと思います」

「ぼくは、一七八センチだよ」

「そのぐらいでした」

「顔つきは？」

道原は、ノートにメモしてからきいた。

「丸い顔で、陽に焼けていました」

道原と伏見は、顔を見合わせた。

伏見がバッグから、二人の男の写真を五枚ずつ出した。由良一民と鎌倉茂男だ。

「こっちの人です。二回目はこっちの人にスーツケースを渡しました」

彼女は初めに、由良の写真を指差した。

「二回目も、成田空港で堺川からスーツケースを渡されたんだね？」

「最初のときと同じでした」

「最初は、九月の何日だったか、正確な日を思い出してくれないか？」

「九月の二週目の金曜日でした。二回とも、マネキンの仕事がお休みでしたから、覚えています」

「二週目というと九月十三日か」

「二回目は？」

「九月の最後の金曜日でした」

九月二十七日だ。

「その日に間違いないね？」

「金曜日だったことは間違いないです」

彼女は黒いバッグを膝の上に置いた。トイレかと思ったら、

「タバコ、吸っていいですか？」

「タバコ、吸うのか？」

伏見がいった。

道原は、彼の腕を肘で突いた。

朋恵は、グリーンのラインの入った箱から一本抜き、赤いライターで火をつけた。吸い方に慣れが見えた。

「二回目のときは、どんなスーツケースだった？」

「茶色の古いケースでした」

「どこまで運んだの？」

「新橋のDホテルです」

新橋駅に近いこれも有名ホテルだ。

道原は、由良と鎌倉の写真をもう一度朋恵の前に置き、九月十三日と二十七日にスーツケースを受け取った男に間違いないかと念を押した。

彼女はうなずき、二回目にDホテルで待っていた男のほうが前の男よりいくつか若そう

で、上背もあったと答えた。

高輪署に電話した。池上がいた。

九月十三日に芝公園内のTホテルに由良一民が、二十七日に新橋のDホテルに鎌倉茂男が宿泊したかを調べてもらいたいと頼んだ。

「あんたが運んだケースには、名札かなにかがついていなかったかね？」

道原は朋恵の前に戻った。

「なにもついていません」

道原と伏見が、新宿駅西口で朋恵を見掛けて声を掛け合ったのは、十月四日だった。

「あの日も成田空港へ行くといっていたが、それも堺川の指示だったの？」

「いいえ。女の人から電話があって、堺川さんの伝言だといわれました」

「なんという女性から？」

「名前はいわなかったと思います」

十月三日の夜、朋恵のアパートへ電話してきた女性は、成田空港第一旅客ターミナルビルの到着便出口で、黄色いスーツケースを男の人から受け取れといった。そのさい、スーツの胸ポケットに赤いハンカチを入れて立っているようにともいわれた。もし、その人が現われない場合は、成田空港に近いNホテルに部屋を取って待て。ホテルでは「花岡幸(はなおかさち)

子」名でチェックインするようにとも指示され、そのとおりにした。その日は誰からも連絡がなく、夜遅くなって、女性から電話が入った。そこに二泊して、それでもケースが届かなかったら帰ってくれといわれた。

彼女は指示どおり二泊したが、なんの連絡も入らないので、料金を支払って帰宅したという。

「成田のホテルに電話をよこしたのは、成田空港行きを指示した女性だったの？」

「はい。同じ人の声でした」

「その後は？」

「誰からも電話がありません」

「あんたは、二回、スーツケースを東京のホテルまで運んで、合計百万円もらったんだね？」

「もらいました」

「交通費とホテル代を差し引いても、破格な報酬だ。報酬には危険料といったものもふくまれていたんだよ」

「………」

「私が思うには、あんたが運んだスーツケースには、公にできない物が詰まっていたんだ。

堺川は、どういう方法かは知らないが、危険な物を外国から日本に入国した人から受け取り、それをあんたに東京まで運ばせたんだ。そういう仕事をやっていたために、山で殺されたような気がする」

朋恵は胸で手を組み合わせた。

「よく話してくれた。今夜、あんたに会ってよかった。だが、あんたには身の危険が迫っていそうだ」

「身の危険？」

「そうだ。堺川と同じような目に遭わないともかぎらない」

「怖い」

「そうだろ。もうアパートには帰るな」

「えっ。だって……」

「荷物はあとで兄貴に整理してもらったっていいじゃないか」

「アパートへ帰らなかったら、わたし行くとこないです」

「おじさんたちが泊まるホテルに泊まれ。そうしてあしたの朝、豊科へ帰りなさい」

「おやじさん。朋恵ちゃん一人じゃ、危いですよ」

「そうだな。兄貴に迎えにきてもらおう。あんたはここへくるまでの間、誰かにあとを尾けられていたんじゃないか？」

「いやだ」

朋恵は店の出入口のほうへ首を回した。

この娘にはこのぐらいの脅しをかけておかないと、東京に居すわっていそうだ。

道原は、豊科署に電話した。宿直係が、宮坂は帰宅したといった。

自宅に掛け直した。宮坂はたったいま帰宅したと母親が答えた。

道原は宮坂にも、朋恵は現在、きわめて危険な状況下にあることを強調した。

「課長には私が断わっておくから、あすの朝、一番の特急で東京へきなさい。君だけじゃ不安だ。お父さんと一緒にきて、ホテルから朋恵ちゃんを連れて帰れ」

宮坂は、迷惑ばかりかけてすまないと、さかんに謝まった。

33

宮坂は翌朝十時に、西新宿のビジネスホテルに着いた。彼の後ろには父親と芝本がいた。

昨夜、道原は自宅にいる四賀課長に電話し、朋恵からきいた話を伝えたのだった。課長は芝本に、宮坂父子に同行するようにいいつけたのだろう。

朋恵は、着のみ着のままの姿で、泣きべそをかいたような顔をしていた。なにごとにも不器用そうな父親は、口をへの字に結んで、娘をにらみつけたが、その目は涙で光っていた。

「由良と鎌倉の筆跡と、山小屋の宿泊カードの筆跡を鑑定してもらいましたが、同一人の手によるものという結果が出ました」

芝本がいった。

「君が堺川の暗号を解かなかったら、捜査はここまで進まなかった」

道原はいった。

暗号の解読は、いずれ専門家に委ねたろうが、解くまでに日数を要したのではないか。

「豊科へ帰っても、しばらくじっとしていなさい」

道原は朋恵にいった。

彼女は、ヒマワリのような色のセーターの袖を摑んで、うなずいた。アパートに帰れないのが悔しそうだった。

高輪署は昨夜、TホテルとDホテルに、由良と鎌倉の宿泊を問い合わせたが、その名前で泊まった客に該当はないということだった。

瑠巳加が動いた。

高輪署から連絡が入り、瑠巳加がマンションを出て、品川駅近くのホテルのラウンジで、由良らしい男と会っているというのだった。男は、ラウンジに飾られた観葉植物の陰になっていて、顔がよく見えないというのだ。

道原と伏見は、品川へ急いだ。

ホテルには高輪署員が張り込んでいる。瑠巳加らが動けば、それを尾行する態勢である。

道原たちがホテルに到着したとき、瑠巳加と男は立ち上がったところだった。がっちりしたからだつきの男は、彼女に向かって頭を下げていた。

彼女はホテルを出て行った。

道原はそれを大理石の柱の陰で見送ると、男に近づいた。男は身構える姿勢になった。顔は陽に焼けて赤黒い。

「由良一民さんですね？」

道原はきいた。

男は、伝票を持ったまま一歩退いたが、顎を引いた。

豊科署の者だというと、眉根を寄せた。その反応に道原は手応えを感じた。

高輪署へ連れて行くと、刑事課長は取調室で事情をきいてくれといった。容疑の固まっていない者を取調室へ入れるには多少のためらいがあったが、課長の指示どおりにした。

「いったい、なんの用ですか。こんなところで」

案の定、由良は憤慨の表情をした。

「九月二十日、あなたは、北アルプスに登りましたね?」

道原は、由良を見すえてきいた。

「私が山をやることを、調べたんですね?」

「山をやることだけじゃない」

「なぜ、そんなことをしたんですか?」

なかなか胆のすわった男のようだ。

「殺人事件の捜査をしている。その過程であなたの行動に疑問を持った。質問に答えてくれませんか?」

「私はずっと前から山をやっているけど、刑事さんのいわれる日には、北アルプスに登っていません」

由良は、伏見と高輪署の池上をちらりと見てから、タバコに火をつけた。手は少しも震えていなかった。

「山に登っていないんなら、その日、どこにいたかを証明してもらいたい」

「一か月近くも前のことを、いちいち覚えていませんよ。たぶん家にいたと思います」

「平日に家にいた。横浜の倉庫会社をやめてから、なにをやっているんですか？」

「友だちと、ちょっとした商売をやっています」

「その商売は儲かるようですね？」

「どうしてですか？」

「家を直している」

「そりゃ、二十年近くもたてば、どんな家だって、いたみますよ」

「どこで、どういう人たちと商売をしているんですか？」

「会社を持つ必要のない……そんなこと、刑事さんがお調べの事件には関係ないと思いますよ」

「大いに関係がある。ホテルをよく使っているようだが、職業を具体的にできない理由があるんですね？」

「ありませんが、答える必要はないと思います」

「そう。そのことはいずれじっくりきくことにしましょう。九月二十日に北アルプスには登っていないといったが、ヒュッテ西岳に、あなたの書いた宿泊カードがある」

「そんなはずはありません」

「Kという偽名で泊まったから否定するんでしょうが、あなたの文字だということは明白になっている。山小屋で偽名を使わなくてはならなかった理由をきかせてくれませんか？」

「登っていない者のカードがあるわけないでしょ」

「ところがあった。Kは年齢を三十九歳としている。住所もでたらめだった。あなたの字のクセは、中学生にだって分かるほどはっきりしている。否定してもダメですよ。ここへくるまでには、それなりの裏付けを取っているんですからね」

由良は横を向いて、返事をしなかった。証拠を突きつけられて答えに窮したようだ。

「同じ日、大天井（おてんしょう）ヒュッテにもカードに記入した住所に該当のないAという男が泊まっている。その男は年齢を三十七歳と書いた。あなたにはそれが誰だか分かっていますね？」

「知りません」

「あなたとAは、次の日の朝早く山小屋を出て、東鎌尾根でとんでもないことをやっている。山中だから誰も見ていないと思ったでしょうが、あなたたちのやった痕跡（こんせき）はちゃんと残っていた。なぜあんなことをやったんですか？」

「なにもやってませんよ」

「山小屋へ偽名で泊まったことは認めるね？」

「泊まっていません」

由良の声はこころもち弱くなった。

「あなたは二年半前まで、倉庫会社に勤めていた。だから重い物を持ち上げたり、浮かせて動かしたりする知識があったんでしょうね？」

「私は営業でした。現場のことなんか知りませんよ」

「長年勤めていたんだ。倉庫作業を見たことは何度もあるはずだ。その場のがれの返事をしても、いずれはほんとうのことを話さなくてはならないですよ」

「知らないものは知らないというしか……」

由良は二本目のタバコを吸った。赤い箱には二、三本しか残っていないようだ。

「十月七日と八日も、北アルプスに登っていましたね？」

「今月は山へ行っていません」

「その顔色は山焼けとしか思えませんがね」

「元からこういう顔色です」

彼は、ふうっと、音をさせて煙を吐いた。

「ヒュッテ西岳に、なぜ偽名で泊まったのかを、はっきり答えてもらえないのなら、豊科署へ行ってもらうよりしようがありませんね。富山県の上市署でも、あなたを待っています。やはり山で起きた事件について事情をきくためにね」

「そんな山小屋に泊まっていないといっているのに、連れて行くんですか？」

「そうです」

「そんな乱暴なことをして、いいんですか?」

「人殺しは乱暴といわないのか?」

伏見が高い声を出した。

由良は眉をぴくりと動かした。

「誰のことをいっているんですか?」

由良は、憎しみを込めたような目で伏見をにらんだが、伏見の刺すような視線に負けて、顔をそむけた。

道原は三、四分黙っていたが、質問を始めることにした。

「さっきホテルで会っていた船木瑠巳加さんとは、商売仲間なんですね?」

由良は、意表を衝かれたように瞳を動かした。

「彼女は知り合いです」

「どういう?」

「知り合いというだけです。どういうときかれても……」

「彼女の職業を話してくれませんか?」

「翻訳を自宅でやっているときいています」

「何語の翻訳ですか？」

「英語だと思いますよ」

「十月八日に、奥穂から落ちて亡くなった堺川理三さんと彼女は、親しかったそうですが？」

「それは知りません」

「あなたは、堺川さんを知っていましたか？」

「いいえ」

「商売での関係はありましたね？」

それにも由良は首を横に振った。

「九月十三日の夜、あなたは芝公園のTホテルにいましたね？」

「いません」

「よく考えて答えてくださいよ。あなたを見た人がいるんですよ」

「そんなはずはありません」

由良は、四本目のタバコを吸おうとしたが、箱は空だった。彼は苛々(いらいら)した調子で、タバコを買ってきてもらえないかといった。

「我慢しなさい。それともこのさい、タバコをやめたらどうですか？」

「よけいなお世話です」

「九月十三日に堺川さんは、成田空港で黄色いスーツケースを、使いの女性に渡した。そのケースを、あなたは芝公園のTホテルのロビーで受け取っている。すべて調べはついているんですよ」

「Tホテルへ行った覚えはないし、そんな物を受け取ってもいません」

道原はなにもいわずに椅子を立って、取調室を出て行き、刑事課長に由良の供述を伝えた。

刑事課長は顎を撫でた。

豊科署の四賀課長に電話し、由良をどうするかを打診した。

「こっちへ連れてきても、知らない、やっていないの一点張りじゃ、また帰さなきゃならんよ」

「泳がせますか?」

「泳がせておいて、何回か会っては、追及するほかないだろうね。由良の態度はどうかね?」

「したたかです。山へ行ったことも、ホテルにいたことも、すべて否定しました」

「船木瑠巳加との関係は?」

「知り合いというだけです」

「もう一人の鎌倉を絞ってみたらどうかね？」

そうするといって電話を切った。

由良を高輪署に釘づけにしておいて、道原と伏見は野方署員とともに、鎌倉の自宅へ行った。

鎌倉は、くわえタバコで白っぽい乗用車を洗っていた。

彼は由良よりも気弱そうな感じがした。

34

野方署でも鎌倉を取調室に入れて事情をきいた。

由良もそうだったが、鎌倉は、どんな事件で自分に事情をきくのかと質問しなかった。取調べを受ける理由が分かっているという証拠ではないか。

道原は、九月二十日、北アルプスの大天井ヒュッテにAという名で泊まっているが、なぜ偽名を用いたのかと、いきなりきいた。由良は泊まっていないと顔色も変えずにとぼけたが、鎌倉は瞳をきょろきょろ動かしてから、

「大天井ヒュッテには泊まったことありません」

と、おどおどしながら答えた。

「どこに泊まったんですか？」

「九月には、山に行っていませんよ」

「私たちはね、なんの証拠もなしにきいているんじゃないですよ。九月二十日、あなたは山小屋にでたらめな住所を書き、Ａという偽名で泊まったことを確認している。あるところからあなたの筆跡を取って、照合し、鑑定もした。なぜ偽名で泊まったのかを、はっきり答えてくれませんか？」

道原は繰り返してきいた。

鎌倉は、刑事の肚をさぐるように、しばらく黙っていた。道原も口を利かなかった。

「どんな名前だってかまわないから、思いつきを書いたんです」

「もし遭難でもしたら、どこへ知らせるのですか。奥さんは別居して小金井市にいる。親しくしている仙波悦子さんは新宿区だ。そのどちらの電話番号も宿泊カードに記入していないじゃないですか」

鎌倉は手を落ち着きなく動かし始めた。妻のことも恋人のことも調べられていることを知ったからだろう。

「去年の十月下旬には、立山の雷鳥荘へ、Ｓという偽名で泊まった。年齢は三十六歳と書いた。なぜですか？」

「いつも山小屋では、いい加減な名を使っているんです」

「今年の九月二十日のことに絞ってききますが、次の日は山でなにをしましたか？」

「なにをしたって……縦走して、下山しました」

「縦走。どこへ？」

「常念です」

「でたらめをいわないでもらいたい。朝早く喜作新道を槍ケ岳のほうへ向かい、ヒュッテ西岳に泊まった由良一民さんと落合っているじゃないですか。すべて調べてのうえできいているんですよ」

彼はますます落着きを失った。由良の名が出たからに違いない。口が乾くのか、唇を舐めた。

「由良さんと一緒に登りながら、なぜべつべつの山小屋に泊まったんですか？」

「由良と一緒になんか登りませんよ」

由良とは仲間であることを認めたようなものだ。

「出まかせは通じないよ。二十一日の早朝、大天井ヒュッテを出たあなたは、水俣乗越の近くで、由良さんと落合っている。山具とは思えない物をいろいろ背負って行っているが、二人でなにをやったんですか？」

「おれは、槍ケ岳へ行き、そこから下りました。由良とは会っていませんよ」

「二十一日の天候を覚えていますよね？」

「忘れました」

「昼前に激しい雷雨があった。その雨の中で登山コースを逸れ、遭難した男の登山者がいる。それがなんという人なのかは知っているでしょうね？」

「知りません」

「あなたも、由良さんも、そのときの山行では最も関心を持っていた登山者のはずなんですがね」

「そんな人はいません」

「あなたたちは、ナイロンロープやナイロンネットを持って登った。なにをするためにそんな物が必要だったんです？」

「持って行きませんよ、そんな物」

「槍ケ岳の方向を示す赤い矢印が描かれていた岩を動かすために、ロープやネットを使った。それらの切れ端を残したくなかったが、大天井ヒュッテを出発した本条真介さんが近づいてくる。岩の下に敷いたネットを無理矢理引っ張ったので、ちぎれてしまった。……

私たちはね、あなたと由良さんが動かした岩の下まで検べているんですよ」

鎌倉はジャケットのポケットを上から押さえ、外国タバコとライターを取り出した。ライターは金色の高価な物だった。火を消すと、カチッと歯切れのいい音がした。

道原は繰り返し、東鎌尾根の犯行をきいたが、鎌倉は、由良とは会っていないし、岩を動かした事実はないと言い張った。本条真介などという男も知らないといった。

彼はとぼけようとしている。

「立山でも、由良さんと一緒に、えらいことをやっている。だから偽名で泊まらなくてはならなかった。早晩、富山県の上市署で取調べを受けることになりますよ」

そういって鎌倉を見つめていると、彼の顳顬（こめかみ）はひくひくと動いていた。心の動揺が血管に異常を与えているようである。

堺川理三を知っていただろうときくと、予想されたことだが、知らないと否定した。

「九月二十七日の夜、あなたは新橋のDホテルのロビーで、若い女性が成田空港から運んできた茶色のスーツケースを受け取っているね？」

「いいえ」

「スーツケースと引き替えに、その女性に四十万円入りの封筒を渡したじゃないですか。それまでにあなたも由良さんも、同じことを何回もやっている。ホテルで受け取ったケースをどこへ持っていったんですか?」

「そんなこと、そんな物、受け取った覚えはありませんよ」

「いいのがれをいっているのもいまのうちだ。あなたが隠しても、ほかの人たちから、真実がぽろぽろ出てきている」

鎌倉は咳込んだ。異常に喉が乾いているのが、緊張のあまりではないか。

「船木瑠巳加さんから仕事を指示されているようですね?」

「船木さん……。そんな人、知りませんよ」

「どこまでシラを切るつもりなんだ。十月十四日に銀座のTホテルのラウンジで、由良さんと一緒に彼女に会ってるじゃないか」

伏見が、拳を握っていった。

鎌倉の頬が痙攣した。

「ああ、あの人。あれは、由良の友だちです」

そういった声は明らかに震えていた。

「『百名山』登山を目前にして奥穂から転落して死んだ堺川さんも、船木さんの友だちだった。……そうだ、堺川さんが亡くなった十月八日も、あなたは北アルプスに登っていたね?」

道原は、鎌倉の唇を見てきいた。唇にはタバコのフィルターの白い紙が貼りついていた。そこを鎌倉は何度も舐めているが、貼りついた紙は取れないでいる。

「登っていません」

「その前の日は？」

「登っていないといっているのに……」

「じゃ、クサリを固定したボルトを切断したのは、誰なのかな。由良さんかな？」

「し、知りませんよ」

彼は唇に貼りついていた白い紙を、指で取りのぞこうとした。

道原は、鎌倉の現在の職業をきいた。答えは由良と同じで、友人と商売をしているといったが、その内容については明らかにしなかった。

四賀課長に、鎌倉を豊科署に連行するかどうかの指示を仰いだ。

大天井ヒュッテと雷鳥荘に、偽名で宿泊したというだけでは、勾留は無理だといわれた。由良にしても鎌倉にしても、いつどこで、なにをやったという犯行の証拠を摑んでいないからである。

彼らには逃亡のおそれがあるから、各所轄署に行動の監視をさせ、その間になにか一つ確実な証拠を握れと指示された。

35

高輪署から由良を、野方署からは鎌倉を解放した。二人には各署員の尾行がついている。帰った二人は、早速連絡を取るだろう。瑠巳加にも知らせそうだ。彼女が二人を支配しているとしたら、善後策を指示するのではないか。勿論、彼女の行動も監視している。

道原にあるひらめきが浮かんだ。

穂高町の宮坂朋恵の自宅に電話した。母親が出て、娘が迷惑を掛けたと謝まった。しばらくの間、朋恵を外に出すなと道原はいった。

「おじさん」

朋恵に代わった。

「やっぱり、お父さんやお母さんと一緒にいるほうがいいだろう?」

「わたしは、東京のほうが好き」

「好きだろうが、事件が片づくまでどこにも出掛けるな。あんたは、とんでもない使いをさせられていたんだよ」

彼女にはまだ危険なことをしていたという実感がないらしい。二、三日はじっとしているだろうが、友だちに会いたいとか、松本へ遊びに出掛けたいといい出しそうだ。

道原は、九月十三日と二十七日に、堺川と二か所のホテルで二人の男から受け取った現金はどうしたのかときいた。

「一回目のお金は、全部じゃないけど使いました」

「二回目のは？」

「封筒に入れたまま、アパートに置いてあります」

「封筒に入れたまま……。それをおじさんがあずかりたいんだがね」

「わたし、行きましょうか？」

「ダメだ。朋恵ちゃんは家でじっとしていろ」

「だって、おじさんがアパートに入れないじゃないですか」

「大家の電話番号を知っているかね？」

「知ってます。アパートのすぐ近くの薬局です」

「そこへすぐ電話して、私が行くから、鍵を開けてもらいたいと頼んでくれないか」

「そうします」

「で、現金の入った封筒は、どこに置いてあるの？」

「ベッドの下が引き出しになっています。それの左側の……下着が入れてあるから、恥ずかしい」

「そんなことをいっている場合じゃない」

「一番下に入れておきました。封筒は二つ入っています」

九月二十七日に、堺川から成田空港で受け取ったのと、新橋のＤホテルで長身の男から受け取ったものだといった。

十三日にもらった金の一部は使い、それが入っていた封筒は捨ててしまったという。

道原と伏見は、アパートの家主の薬局を訪ねた。白衣を着た五十がらみの女性が、ガラスを張ったコーナーから頭を下げ、待ってくれないかといった。店には中年の女性客が一人立っていた。薬を調剤しているようである。

四、五分すると白衣の女性は出てきて、客に白い袋を渡した。その女性客は、

「水枕はありますか？」

と薬剤師にきいた。

「あります」

「母は、アイスノンのより、水枕のほうがいいというものですから。じゃ、それもいただきます。おいくらですか？」

「水枕は、三千二百円です。お薬は……」

薬剤師は、棚から薄い紙の箱を下ろし、水枕を取り出して客に見せた。

道原にとって水枕は懐かしい物だった。以前は、熱が出ると、水枕をタオルでくるんで当てたものだ。頭を動かすと中の氷が解け、水が鳴った。その水がしだいにぬるくなってくる感触は子供のころと同じだった。

薬剤師の女性は、朋恵から電話を受けたといって、鍵の束を持ち、道路をはさんだアパートへ案内した。

朋恵の部屋は、二階の奥から二番目だった。かなり年数を経ている建物である。

ドアが開くと、かすかに香料が匂(にお)った。

朋恵は部屋をわりにきれいに使っていた。ベッドにはピンク色の花柄の散ったカバーが掛けてあった。その上に雑誌が二冊のっていた。

伏見は、若い女性の部屋を見回した。

朋恵がいったとおり、ベッドの下は白木の引き出しになっていた。下着がたたまれてぎっしり詰めてあった。

道原は手袋をはめ、下着をそっと脇(わき)によせた。底には白い紙が敷いてあった。

封筒はすぐに見つかった。茶色のと白だった。白いほうは厚みがあった。中をのぞいた。二つとも現金が入っていた。重要な証拠物件だ。厚みのわりにずしりとした手応えがあった。

封筒を野方署にあずけた。そこに付着している指紋と、鎌倉が取調室で湯呑(ゆの)みに残した指紋の照合を依頼した。

ホテルに着くと道原は、上着を脱いだだけでベッドに仰向いた。背筋が痛かったが、眠りに引き込まれそうだった。

隣室の伏見はシャワーを使っているらしく、ゴーという音がしていた。

道原は天井を見ながら、朋恵のやったことを考えた。

彼女は松本で堺川の目にとまって誘われ、東京へ出て行った。高収入のアルバイトが彼女にとっては魅力だったのだ。多少危険の匂いは嗅(か)いでいたようだが、彼女には罪の意識はなかった。

彼女は、成田空港から東京のホテルへの運び屋をやった。運んだスーツケースはずしりと重かったという。中身がなにかは教えられなかった。

ホテルにいた男に届けただけで、彼女には一回につき五十万円もの報酬が支払われた。これだけ出せば次にも同じアルバイトをするだろうというのが、やらせた人間の狙(ねら)いではないか。

あまりの高額に危険を感じて尻込みしそうなものだが、朋恵はそういう女ではなかった。

だから三回目も指示を受けて成田空港へ行った。

おかしいのは彼女にとって三回目の十月四日だ。前の二回は堺川に指示され、成田空港で彼から直接スーツケースを渡されたのだというが、三回目の指示は女性からだった。指定された場所へ彼女は行ったが、スーツケースを渡す人間は現われなかった。

これも事前に指示されていて、彼女は成田のNホテルに偽名でチェックインして待機したが、ケースは届かなかった。

「そうか。四日になにか不手際が生じたのではないか」

彼ははね起き、隣室の伏見を呼んだ。

伏見は、濡れた髪のままやってきた。

「朋恵ちゃんが運んだ荷物は密輸品に違いない。それが四日は、予定の便で到着しなかったんじゃないのか?」

「そうでしょうね。しかし、彼女をホテルに二泊させたのはどうしてでしょうか?」

「発送した現地から、二日遅れるという連絡でも入ったんじゃないのか?」

「彼女が運んだのは乗客の手荷物です」

「じゃ、荷物を持ってくる人間が、外国のどこかから乗るのが遅れたか、飛行機の座席に空きがなかったかだろう」

道原はそういったが、べつの想像が頭に広がった。

道原は警視庁に連絡し、用件をいった。電話は生活安全部薬物対策課に取り継がれた。

十月四日午後、成田空港第一旅客ターミナルに到着した便で、密輸か、関税法に触れ、押収された手荷物がなかったかを調べてもらいたいと頼んだ。

その回答は、翌朝にあった。

十月四日の午後、第一旅客ターミナルで関税法違反で、東京税関成田支署に摘発された乗客は七人、手荷物は十一個。べつの一件は、スーツケース一つが、ターンテーブルに取り残されたままになっていたので、空港職員が保管し、中を開けてみた。中には、一個約五〇〇グラムに小分けされた大麻樹脂（GANJA）の包みが五十二個入っていた。

当然だが、ケースには荷札がついていた。荷札の乗客はたしかに搭乗していた。

「どこから乗った人でしたか？」

「ネパールのカトマンズです」

「どこの航空機ですか？」

「ココ・モンゴメリー航空です」

「ココ・モンゴメリー……」

道原の頭に、船木瑠巳加のととのった顔が大写しになった。

「その乗客はどうしましたか？」

「ネパール政府の要人です」

「たしかにその要人は搭乗していたんですね？」

「乗っていました。それをネパール大使館に問い合わせました。要人は公式な来日ではなく、すでに帰国していることが分かりました」

「大使館では本国に問い合わせたのでしょうか？」

「公式な来日でなく、来日目的についての情報が入っていないから、コメントできないと回答してきています」

「同様の押収物は、いままで何十件もあったでしょうが、ココ・モンゴメリー航空機の乗客手荷物の押収例はありましたか？」

「最近の二、三年ではありません」

「今回の中身の大麻樹脂の価格は、どのぐらいですか？」

「末端で約二億円といったところです」

「ターンテーブルに載ったまま、受け取り手がなかったというのは、どういうことでしょうか？」

「来日した要人か、その随行者とうまく連絡が取れなかったものとみています」

「随行者が手荷物のケースを持って、ゲートを出るつもりだったんでしょうか？」

「それもありますが、要人や随行者と連絡の取れていた者が、航空会社の職員にでも化けて、一般人の税関ゲートでなく、べつの出口を利用して、到着便出口で誰かに手渡すことが考えられます。税関などのチェックが甘くなる要人の名前を利用した、馴れた者のやる犯行ですね」

「なるほど。抜け道はあるものなんですね」

「ですから麻薬が、国内に出回っているんです」

「組織的な犯行でしょうね？」

「国内に持ち込めても、それを売りさばく組織が必要です」

「持ち込んだ大麻は、暴力団の手に渡るのでしょうか？」

「最近は、暴力団への締めつけが厳しいし、どこの警察も目を光らせています。一部は元からの暴力団に渡されるでしょうが、麻薬だけをさばく新しい組織が生まれています。その関係者は、生産地とも密接な連絡が取れていて、巧妙な手口で持ち込んでいるんです。関西空港でも今年になって、大量の大麻樹脂を押収しています」

　十月四日、朋恵の手に渡されるはずだったスーツケースの中身は、カトマンズからの大麻樹脂だったに違いない。

彼女は、ひとつ間違えば大麻の運び屋として、検挙されるところだった。

いまの係官の話で、船木瑠巳加がどのような役割をはたしていたかの見当がついた。由良と鎌倉についても同じだ。

堺川は、瑠巳加の指示で、ココ・モンゴメリー航空の社員になりすまし、入国した要人名の手荷物を受け取り、それを朋恵のような、世間知らずで向こう見ずな人間に渡していたのではないか。

「おやじさん。赤尾杏子も……」

「そうだろう。彼女も成田空港から大麻樹脂入りのスーツケースを、どこかへ運んだんじゃないかな?」

「彼女は、山で死にましたが、ケースの中身を知ったため、消された可能性がありますね」

「去年の八月、成田空港へ行ったことしか知られていないが、じつは何回も運び屋をやったんじゃないかと思う」

現金で二百万円遺していたから、そのような想像が浮かぶのだ。朋恵と同じように、一回の運搬報酬が五十万円だったら、四回運んだことになる。あるいはもっと危険なことをやったため、一回だけで二百万円が支払われたとも考えられる。

杏子には罪の意識がはたらいた。あるいは組織に深入りした。それが生命を落とす結果になったのではなかろうか。

36

野方署に持ち込んだ二つの封筒のうち、白いほうから鎌倉の指紋が検出された。もう一つの茶色の封筒に付着していたいくつかの指紋を豊科署に送ったところ、これからは堺川の指紋が検出され、朋恵の話と行為が事実となった。

道原と伏見は、鎌倉を迎えに自宅へ行った。

自宅近くには野方署員の乗った車がとまっていた。彼はそれに気づいてかどうか、昼のうちから家に閉じこもったままだという。

鎌倉は、不精髭(ぶしょうひげ)の伸びた汚ない顔でドアを開けた。

きのうと同じで、野方署に同行を求めた。

「おれを、なんの事件で取調べるんですか？」

彼は初めて嫌疑の内容をきいた。

「九月二十一日、東鎌尾根で本条真介さんを径に迷わすために、標識である岩を動かしたじゃないか」

「しませんよ。そんなこと」

きのうと異なって、きょうは態度が横柄だ。たぶん由良と連絡を取り合ったのだろう。由良に、知らない、やっていないの一点張りでとおせといわれたのではないか。

「じゃ、どうしてAという偽名で、山小屋に泊まった。なにもしていないのなら、本名でもいいじゃないか」

「なんとなく、違った名を使ってみただけです」

「九月二十七日、新橋のDホテルでも偽名を使ったのか？」

鎌倉の瞳が動いた。彼は水商売の経験があるが、根は気弱そうである。

「そんなところに、泊まったことはありませんよ。きのうもいったじゃないですか？」

「泊まらなかったが、夜、成田空港から若い女性が運んできた茶色のスーツケースを受け取ってはいるね？」

「そのホテルに行っていないんですから、そんな物を……」

「白い封筒に入れて四十万円を、その女性に渡しているじゃないか。私は証拠なしにいっているんじゃないよ」

婦警がお茶を持ってきて、刑事たちと鎌倉の前に湯呑みを置いて去った。

「そんなこと、していません」

「白い封筒は、Ｄホテルの物だった。それにはあんたの指紋がついていた」

鎌倉は下を向いて首を振った。

「スーツケースの中身はなんだね？」

「知りません」

「ケースを若い女性から受け取ったことは認めるね？」

「頼まれたんですよ」

「誰から？」

彼はまた首を振った。それだけはいえないといっているようでもあった。

「封筒に入れた四十万円は、誰が出した金なんだ？」

「あずかっただけです」

「誰に？」

「誰なんだ。はっきり答えろ」

伏見がテーブルを叩いた。

「由良です」

「嘘をつけ。あんたは仲間を売るのか。金は、船木瑠巳加から出たんだろ？」

道原は声を高くした。

鎌倉は曖昧なうなずき方をした。

道原は、瑠巳加かと、念を押した。

「そうです」

鎌倉は吐いた。

「この件に関しては、警視庁の担当官が調べることになる。あんたは、二年半前に会社をやめて、えらいことをやっていたんだな」

鎌倉は、両手で不精髭の頰を撫でた。

道原は、東鎌尾根で、矢印のついた岩を動かしたことに話を戻した。

「そんな巨きな岩を、動かせるわけがないじゃないですか」

鎌倉は態度を変えた。声が大きくなった。

「そんな巨きな岩だって。なぜ、巨きな岩と分かるんだ?」

「矢印が描いてあるっていうから……」

「矢印は、登山者の目につきやすいところに描くものだ。巨きな岩とはかぎらないよ」

「………」

「あんたと由良は、岩を動かして、矢印の向きを変えた。大天井ヒュッテを出て、槍ケ岳へ向かう本条さんを、迷わせるのが目的だった。本条さんは、成田空港から航空手荷物を不正な方法で受け取ったり、運んだりするアルバイトをやった。やっているうち、運んだ物の正体を知ったので、この世から消すことにした。そうだな？」

「岩なんか、動かしていません。どうやって動かすんですか、山の岩を」

鎌倉は顔を上げ、道原の横にいる伏見に視線を投げた。岩を動かしたが、その方法だけは見破れないだろうと、肚の中で嗤っているようにも受け取れる表情だった。

岩を動かした方法を看破できないと、目の前の男と由良を、豊科署へ連れて行くことは不可能だ。道原は、二人の男を、豊科署の取調室で絞り上げたい。本条と堺川を殺したことを吐かせたかった。

警視庁から薬物対策課員がやってきた。道原は、鎌倉と由良、それから船木瑠巳加の関係を、多少の推測をまじえて話した。

鎌倉の身柄は、本庁へ移されることになった。

道原と伏見は、豊科署へ帰ることになった。伏見は唇を嚙んだ。鎌倉を連行できなかったのが悔しいのだ。

警視庁はきょうじゅうにも由良を呼び、鎌倉の喋ったことの裏付けを取り、瑠巳加を連行して取調べるだろう。その結果、彼には上部組織のあることが分かって、薬物を末端に広く売りさばいている事実も解明されるだろう。

しかし彼らが、赤尾杏子、古岩吾郎、本条真介、堺川理三を使ったことと、最終的には山で殺害したことまで自供するだろうか。

由良と鎌倉は、山で四人を殺害した実行犯と道原たちはみている。が、二人が事件直前に、山小屋に偽名で泊まったというだけでは、殺害の証拠にはならない。刑事の推測の域を出ていないとして、しりぞけられそうだ。

37

署で簡単な報告をすませた道原は、単独で穂高町の宮坂家を訪ねた。夜七時を過ぎていたが、家の中の灯が庭に洩れていた。柴犬が尾を振って寄ってくると甘えるように飛びついた。

玄関を開けたのは朋恵の兄の宮坂だった。妹が不始末を起こしたといって、彼は深く頭を下げた。

朋恵は、だぼだぼのセーターを着て出てくると、はにかみ笑いをした。

道原は奥の部屋で立ったまま、

「朋恵ちゃんの話がヒントになって、あんたが東京のホテルで会った二人の男が捕まった」

と、声を落としていった。

彼女は丸い目をして、唇を尖らせた。

「東京でなにをやったかは、お父さんやお母さんにはいうな。びっくりして倒れるかもしれないよ」

「あの人たち、なんで捕まったんですか？」

「あんたの運んだスーツケースの中身は大麻だったんだ」

「タイマ……」

「そのことは誰にも話すな。あんたと同じことをやっていて殺された人が何人もいる。一か月ぐらいは、絶対に外に出ないことだ。いいね」

彼女はセーターの袖を引っ張ってうなずいた。

「お兄ちゃんは、まずいことになるんですか？」

「それはこっちで考える。あんたさえここでじっとしていれば、なにも起こらない」

近所の人に姿を見られたかときくと、帰ってきたことは知られていないと思うといった。

彼女の両親は、つまみを用意したから一杯飲って行ってくれとさかんに勧めたが、道原はそれを断わり、宮坂の運転する車で家に帰った。

車のとまる音をききつけて、妻の康代が出てきた。二階の戸が開いて、娘の比呂子が、

「お帰りなさい」

といった。吐いた息が白かった。比呂子は部屋の灯りを背負って、シルエットになっていたが、その姿には稚さがあって、道原は救われた思いがした。

灰色のせまい空の下に何日間もいたせいか、頭上は無限の黒い空間に見えた。星は灯のようなまたたきを見せている。だが、道原の心には拭いきれない曇りがあった。それは、殺人の事実と犯人との距離のような思いではないか。

翌朝、署での捜査会議がすむと、道原は伏見を伴って、前に行ったことのある造園業者を訪ねた。商品の植木に囲まれた庭に黒い石がいくつも並んでいた。山から運んできたのも川底から引き上げたらしいのもあった。

柄の長い梃もジャッキも使わず、山上の岩をどうやって動かしたのかをあらためて考えた。それをやったのは男二人だったと思う。二人きりでかぎられた時間内に岩を浮かせ、描かれていた赤の矢印の向きを変えた。動かした岩の下からはナイロンロープとナイロンネットの切れ端と赤茶色をしたゴムの切れ端が出てきた。それらにはゲル状の整髪料が付着していた。これらの残留物が、岩を浮き上がらせた道具だとみているが、どのように使用したのかが不明なのだ。

署に戻ると、東京で調べたことを報告書にまとめた。

その次の朝は、道原一人で庭石の並んだ庭に立った。北アルプスの稜線（りょうせん）がだいぶ白くなっていた。白い雲が風に押されてきては頂稜にからみ、そこでかたちを変えたり、ちぎれて流れていく。

午後、警視庁の薬物対策課から連絡があった。

船木瑠巳加、由良一民、鎌倉茂男、それから成田空港のココ・モンゴメリー航空の男性社員一人を逮捕したという知らせだった。

瑠巳加は、ココ・モンゴメリー航空に勤めていたころ、カトマンズにいるネパール人の社員と知り合った。ネパールから日本へ大麻を持ち込む手段を何回かにわたって話し合った。持ち込んだ大麻を売りさばく組織とも密接な連係を結ぶ約束がついた。組織はＲＥという記号の暴力団の分派で、主にイラン人を使っていた。イラン人の口の固さを利用したのだった。彼らは本国に帰った場合、組織や仲間を売るとその仕返しが厳しい。それで捕まっても容易に入手ルートを明かさない。

大麻は、成田空港か関西空港へ持ち込む。飛行機には実際にネパールの要人も搭乗するが、要人に仕立てた人間も乗る。要人が到着することは事前に日本の空港にある航空会社の事務所に連絡がある。

瑠巳加は、ココ・モンゴメリー航空の社員になりすます人間を、空港に送り込む。同社の空港事務所員と組んでいるのだ。空港へ送り込まれた人間は、写真を貼った偽の社員証を胸につける。

要人やその随員をゲートで迎え、手荷物を持って到着便出口を出る。そこには都内への運搬のみを頼まれた人間が待っている。朋恵のやった役目である。

都内では、由良や鎌倉が大麻の詰まったスーツケースを受け取り、運んできた者に報酬を渡す。スーツケース一個につき五、六十万円を支払う。同時に二個運ぶこともある。

ケースの受け渡しはたいてい都内の有名ホテルだ。

ケースが無事届くと、由良や鎌倉は瑠巳加に報告する。彼女はREに連絡し、ホテルから現物を運び去る。その後、現物がどのようにして末端にばらまかれるのかについて、彼女は一切タッチしていないし、知らないと答えたという。

同課は、由良と鎌倉の山岳地での殺人を追及したが、口を割っていない。堺川の「百名山」登山は、瑠巳加の企画だろうと彼女を追及したが、頑として否定しているということだった。

空港から都内のホテルにケースを運んだ人間の身元を知っているはずだがときいたが、街頭で一本釣りしたもので、正確な氏名すらも知らないと、瑠巳加はそっぽを向いているという。

つまり、三人からは、赤尾杏子、古岩吾郎、本条真介の名は出なかった。堺川理三について彼女は、上高地で知り合ったというきりで、ケースを運ぶアルバイトに渡すことなどを依頼したことはないと否定した。

しかし、朋恵は、成田空港で堺川からケースを渡されて都内へ運んでいた。堺川は、瑠巳加の名と住所を何者かに見られた場合を考え、拙(つたな)い暗号と乱数表に織り込んでいた。

道原が帰宅すると、康代が食卓の椅子(いす)を踏み台にして、棚の上の箱を取ろうとしていた。もう一つの椅子の上には水の入った赤茶色の水枕が置いてあった。

どうしたのかときくと、比呂子が熱を出して寝ている。水枕は隣家から借りてきた物だが、うちのがしまってあるはずだといって、棚をさがしているのだった。

「おれが見てやる」

道原は上着を脱ぎかけた。

「ここへ置いたはずなんだけど」

といったが、「ひゃっ」と叫んだ。箱を落としたのだ。

紐(ひも)を掛けてあった箱は水枕を直撃し、はずんで床に落ちた。重い物の入っている音がした。道原は落ちた箱に見覚えがあった。親戚の結婚式に出たときの引き出物だった。

「やっぱりあったわ。こんなに奥へ入れてしまったものだから」

康代は、道原の肩につかまって椅子を下りた。

「茶碗のセットよ。壊われたかしら」

康代は落ちた箱をテーブルにのせた。

道原が箱の紐をほどいた。

茶碗は一つも割れていなかった。水を入れた水枕がクッションの役目をしたからだった。

彼女は何年も使っていないといいながら、水枕を薄い紙の箱から取り出した。買ってから一、二度使ったきりという。

康代は水枕に、氷と水を入れ、タオルでくるんだ。彼女と一緒に道原も二階へ昇った。

比呂子は赤い頰をしていた。

康代は比呂子の額に手を当てた。

「だいぶ下がったわね」

二時間ほど前は三十八度近くあったという。

比呂子は、道原を見て笑みを浮かべたが、からだがだるいといって、目をつむった。

夕食を夫婦だけですませた。

康代は、水枕を返しに隣家へ行った。最低三十分は帰ってこないだろうと道原は思った。話し始めたらとまらない主婦につかまるに違いなかった。

道原は、さっき棚から落ちた箱に、紐を掛け直した。

「うむ」

彼は紐を持った手をとめた。二階へ駆け上がりかけたが、比呂子が寝(やす)んでいるのに気づいて、足音を低くした。

「入っていいか?」

「なあに?」

「ちょっと水枕を見せてくれ」

ドアを開けると、彼女は首をもたげた。

「水枕がどうしたの?」

「思いついたことがあるんだ」

水枕の両端がタオルから出ていた。一方の水の出し入れ口はややラッパ状になっていて、もう一方は釘に吊るせるように中央に穴をあけた耳だった。

「これじゃないか」

「なにが?」

比呂子は、髪に手を触れて頭を枕につけた。

彼は、伏見の自宅に電話を入れた。

伏見は、三十分もしないうちに車でやってきた。康代はまだ帰っていなかった。

彼は芝本と一緒だった。二人ともセーター姿だ。芝本が伏見の家を訪ね、一杯飲るつもりだったという。

「そりゃ、悪いことをしたな」

道原は、思いつきを二人に話した。

「水枕……」

芝本と伏見は、道原を見て同時にいった。

38

道原は隣家に声を掛けた。

康代は勝手口で主婦と立ち話していた。

もう一度、水枕を貸してくれないかと道原がいうと、比呂子の熱が上がったのかと、康代と主婦は目を丸くした。

隣家の水枕を持って、署へ走った。

東鎌尾根の岩の下から発見した、ナイロンロープとナイロンネットとビニールシート。それから赤茶色をしたゴムの切れ端は、透明のビニール袋に収まっていた。道原はこれを何度見たかしれなかった。

「ぴったりです」

伏見が、ゴムの切れ端を水枕に当てた。

「水枕を使って、岩を動かしたらしい」

道原は水枕の感触を試すように、太陽のマークを指で撫でた。

「水を入れて、岩の下に差し込んだのでしょうか？」

芝本は首を傾げた。

斜面に据ったゴツゴツした岩の下に、水を入れた水枕を差し込むことはむずかしいだろう。差し込むために岩を動かさなくてはならない。

伏見が水枕に水を入れて留め金を掛けた。ふくらんだだけである。手で押すとブヨブヨと鳴った。床に置いて、書類の入った箱をその上にのせた。箱は約一〇キロぐらいだろう。水枕はびくともしない。

「それにのってみろ」

約七〇キロの伏見が箱に腰掛けた。なんの異状も表われない。

水枕を廊下に出し、芝本が裏庭から持ってきた厚さ一センチほどの板をのせ、その上に伏見がのり、芝本が肩を組むようにしてそっとのった。それでも水枕ははじけず、留め金も飛ばなかった。

「おやじさんものってみてください」

道原は、二人に支えられながら板の上にのった。約二〇〇キロの重量だが、やはりなんの異状も起こりはしなかった。

地域課から宿直係を呼んだ。宿直係は夜間になにをやっているのかと笑った。彼は八〇キロ近くある。彼は板の上にのったとたんによろけた。と、留め金が音をたててゆるんだ。水が勢いよく噴き出し、廊下を流れた。

約二八〇キロの重量がかかって、初めて留め金がゆるんだが、水枕本体は破れなかった。

「分かった。この口を樹脂かなにかでふさぎ、接着剤で固めてしまえば、二八〇キロぐらいの重量をかけてもパンクはしない」

だが、どうやって水枕を岩の下に入れることができたかが分からない。

交通課の宿直係もやってきて、五人で水枕をにらんだ。

壁の時計が十一時を指した。

「水圧ポンプを使ったんじゃないでしょうか?」

芝本がいった。

「どんな物なんだ?」

「自転車のタイヤに空気を入れるのと同じ要領の物です」

「小型か?」

「全長三〇センチぐらいだと思います」

「市販されているのか?」

「ぼくは、東京の合羽橋道具街で見たことがあります」

台東区の西浅草と松が谷のあたりだ。

タイヤに空気を入れる要領で、水を注入する対象物に、少量ずつ水を注ぎ込む。手動式もあれば、足踏み式もある。手動式は軽いから持ち運びは便利だ。

針の先を水枕に刺し込み、万遍なく水を送り込む。口をふさいであれば、水枕は次第にふくらむ。

最初は、岩と地面のわずかな隙間に少量の水を入れた水枕を差し入れ、ポンプの管の先についた針を水枕に刺し込む。万遍なく水圧ポンプで水を送り込むうち、岩が浮く。

「ぼくは、水枕をいくつも使ったんじゃないかと思います」

芝本はいう。

岩にわずかでも隙間が生じたら、そこへべつの水枕を差し入れ、また水圧ポンプで水を注ぎ込む。岩の一方が浮き上がれば、地面に密着している部分の面積はせまくなる。

「水枕を、四個か五個使えば、岩の重量に耐えるし、地面との密着面積をかなり少なくすることができると思います」

「なるほど」

道原はうなずいた。

「ナイロンロープは、なにに使ったと思う?」

「岩の下に入れた水枕を、引っ張って取り出すためだったんじゃないでしょうか?」

「ナイロンネットを使っているようだが?」

「水圧で水枕が平たくならず、厚さを増すようにナイロンネットで包んだのではないでしょうか?」

「岩と地面の隙間を広くするためか。……もう一つビニールシートがある」

「ネットとビニールシートには、ゲル状の整髪料が付着していましたね。水枕に整髪料を塗り、その上にビニールシートをかぶせた。これは滑りやすくするためだったと思います。いくら岩が浮き上がったといっても、一トン半もの重量があります。地面からは離れても、水枕と密着しています。それで、表面をヌルヌルにし、岩を押せば、水枕とビニールが整髪料によって滑ることを考えたんじゃないでしょうか？」

「芝本さん。犯人のやっていたことをまるで見ていたようじゃないですか」

交通課員がいった。

「ずっと考えていたんです。ですが、岩をどうやって浮かせたのかについては分かりませんでした。道原さんに水枕ではといわれたとたんに、ほかの材料の謎が解けました」

芝本は、熱を出したことは何度もあるが、水枕の恩恵にあずかったことは一度もなかったという。

道原は帰宅しても眠れそうになかった。

「どこかで一杯飲りたいが、もうやっている店はないな」

「やぶそばを叩き起こしましょうか」

やぶそばは署のすぐ近くだ。署員と署を訪れる人でもっているような店である。

「そりゃ気の毒だ。おれの家で飲ろう」

「おれたちは？」

地域課がいった。

「宿直はダメだ」

「手伝ったのに」

「事件がすっかり解決したら、おれがおごるよ」

道原は康代に、芝本と伏見を連れて帰るといった。

彼女は、伏見は車ではないかといった。酒を飲むのを見抜いているのだ。

「もしも酔ったら、宮坂を呼びますよ」

伏見は笑った。彼の笑顔を見たのは久しぶりだった。


次の朝、水枕を五つ買った。このごろ薬局では水枕をいくつも置いていない。アイスノンが主流で売れないのだろう。伏見と宮坂は、四軒の薬局を回って集めたといって帰ってきた。水圧ポンプは松本市で手に入った。

水枕の入る洗濯機用のネットも五枚買った。ビニールシートは署にあるので間に合わせることにした。ゲル状の整髪料は二個用意し、国道端の造園業者を訪ねた。けさは社長が事務所にいて、刑事が四人も車で乗りつけたので、なにごとかという顔をした。

植木を車に積んでいた従業員は、手を休めて刑事たちのやることを見つめた。

東鎌尾根で動かされた岩と同じぐらいの大きさの石を実験用に借りることにした。川から引き上げられたらしい石だった。

芝本が水枕に水を少量入れ、石の下に押し入れた。水枕にはネットをはめ、整髪料を塗り、その上に白いビニールシートをかぶせてある。

水枕の肩に当たるところへ、ポンプの管の先の針を刺し込んだ。水枕がずれないように伏見が押さえている。宮坂が手を貸そうとしたが、「二人だけでやるから、お前は見ていろ」と伏見にいわれた。

芝本は、空気を入れるように水圧ポンプをさかんに動かした。水枕は徐々に厚くなった。ネットをはめられているから幅を広げず上下にふくらんだ。芝本の額に汗がにじんだころ、「おおっ」と、しゃがんでいた従業員が声を発した。宮坂は地面に頬がつくほど石の下をのぞき込んでいる。

「隙間ができました」

宮坂が叫ぶようにいった。

道原は、手に汗を握った。

伏見がもう一枚の水枕に水を入れ、口を樹脂の栓でふさぎボンドで固めた。それを石と地面の隙間に押し入れた。

芝本は、最初の水枕から水を注入する管を抜き、二番目の水枕の肩に刺した。

ポンプで水を送り込む作業を、伏見が代わった。彼の額が光ってきた。

「おおっ」

従業員がまたいった。

大石が地面から次第に浮き上がるのが見えた。石が浮き上がった部分の土は黒かった。芝本が三番目の水枕をセットした。ポンプを伏見から交代し、水を送り込んだ。二人の顔には汗が流れ始めた。

四番目の水枕がセットされた。伏見がポンプを代わった直後だった。ズルッという音がして石が一〇センチほど動いた。

伏見はポンプを置き、芝本と力を合わせて石を回すように押した。芝本の足が滑って地面に手を突いたが、大石は三〇度ばかり向きを変えた。

二人は大石の隙間に小石を拾って押し込んだ。四つの水枕には白いナイロンロープがついている。それを引っ張って、石の下から回収した。

芝本と伏見は、地面に尻を突き、荒い息をついた。

「おやじさん」

伏見は白い息を吐いた。瞳が光っていた。

「大将。やったねえ」

社長と従業員が拍手した。

四人の刑事は手を握り合った。作業を開始して二十七分で、約一トン半の石の向きを変えることができた。

39

「動かせたか」

道原の報告をきいて、四賀課長は手を打った。

「二十七分を要しましたが、山の岩は実験した石よりも不安定ですから、犯人の作業はもっと短時間でやれたのではないでしょうか。鎌倉は、大天井ヒュッテを、本条よりもずっと早く出ていると思います。ですからヒュッテ西岳に泊まった由良と落ち合っての犯行は、充分可能だったはずです」

「ほかの登山者が通ったとしても、岩に寄りかかって、休んでいるふりをすれば、不審には思われなかっただろうしね。それにしても伝さん。水枕で動かしたとは、他殺(コロシ)に金をかけなさ過ぎる。なんだかバカにされたみたいで、一層腹が立つねえ」

「まったくです」

「水枕が一つ三千二百円。四つ使ったとして一万二千八百円。整髪料が二千円ぐらい。あとは家庭にある物で間に合わせたような気もする」
「水圧ポンプを買ったんじゃないでしょうか？」
「いや。倉庫会社に勤めていた由良が、会社から家へ持ってきていた物かもしれないよ。一人殺すのに、道具と材料に二万円もかけていなかった。何億円もの大麻を扱っていたやつらのくせにだ」

課長は手の平で机を叩いた。

岩を動かすために使った道具と材料を書いて、警視庁に送信した。由良か鎌倉がこれらを買い集めたことが考えられたからである。

これに対する回答は、意外に早く届いた。

陽焼けした顔の男が、ＪＲ大森駅近くの薬局にきて水枕があるかときいた。薬局の主人は、このごろめったに売れなくなった水枕を棚から下ろした。するとその客は、「二つあるなら、二つ買う」といって、六千四百円払った。

水枕を同時に二つ買う客は珍しいので、主人はそれを覚えていた。

刑事は、由良と鎌倉の写真を薬局のガラスケースの上に並べた。すると主人は、「この男です」といって、由良の写真を指差したという。

水枕は二つだけではないとみて、薬局をしらみ潰しに聞き込みしたところ、ＪＲ大井町駅近くの薬局で、九月十四日に水枕を男に売ったことが分かった。二人の男の写真を見せると、「こっちの男の人だったと思います」と、女主人は由良のほうを取り上げたという。

由良と鎌倉は、豊科署へ移送されてきた。

ゲル状の整髪料を塗った水枕によって、東鎌尾根の岩を動かしたことを道原に追及されると、初めに鎌倉が、三時間後に由良が犯行を認めた。

「最後の水枕のしっぽがちぎれてしまったのが、失敗でした」

由良は唇をゆがめた。

「水枕で岩を動かす方法は、お前が考えついたのか？」

道原はきいた。

「ええ」

「どこでヒントを得たんだ？」

「横浜の倉庫会社にいるとき、外国から届いた精密機械を、エアバッグの上に下ろすところを見たことがありました」

「水枕に、ゲル状の整髪料を塗るという発想も、お前か？」

「それは、やつが考えついたんです」

鎌倉のことだ。

鎌倉は、夜間、新宿の公園を歩いていて、ヌルッとした物を踏んで転倒した。踏んだ物はズボンに付着した。家に帰ってよく見ると、ほのかに香料が匂った。それで整髪料だと気づいた。なぜ整髪料が公園にたまっていたのかを、次の日、そのころ勤めていた会社の同僚に話した。同僚は、「どこかの男が人のいない公園で、ゼリーを塗って、あれをやってたんだろ」と、指で丸を作って笑った。

「刑事さん。整髪料を塗ったうえに、少し水をくれると、もっと滑りがいいですよ」

彼はまた、顔をゆがめるような笑い方をした。

由良も鎌倉も、矢印の岩を動かし、本条真介を径に迷わせたことを認めた。九月二十一日は雷雨がくることが数日前から予報で分かっていた。雨の中で径に迷えば、間違いなく死ぬだろうと予想したと、二人は悪びれるふうもなく供述した。

本条は、一昨年の二月と三月の間に、成田空港から、都内や横浜市や名古屋市へ航空手荷物のスーツケースを何回も運んだ。ネパール以外のルートから入った麻薬を運んだ。

なぜ殺害することにしたのかという質問に、由良と鎌倉は、スーツケースの中身に気づいたらしく、報酬を上げてくれと要求したからだと答えた。

本条を運び屋に仕立てたのは由良だった。以前からの知り合いだったのだ。本条が病気で会社を休んだ。自宅で静養していることを知った由良が、アルバイトを持ちかけたのだった。本条は会社に出勤し始めてからも、数回運び屋をやっていた。

「殺害は誰が決めたんだ？」

道原はきいた。

「船木さんです」

鎌倉が答えた。

本条の山行計画を入手したのは由良だった。

由良と鎌倉は、本条を殺す方法を考えた。

本条は長年山に登っているが、東鎌尾根を渉るのは初めてということも分かっていた。だから標識である岩に描かれている矢印の方向を変える方法を、二人で検討した。

由良が、水枕で岩を浮かせることを考えたあと、川原へ行って、二度実験した。二度とも岩をうまく浮かすことができ、自信を深めたという。

航空会社の社員に化ける人間や運び屋は、たいてい瑠巳加が見つけてきたが、一人の人間を長期にわたって使うのは危険ということで、絶えず安全な人間をさがし出す必要があった。由良や鎌倉が見つけた運び屋については、それがどういう素姓かを瑠巳加に報告し、彼女が首を縦に振った人間のみ使うことにしていた。

　本条も彼女の許可によって使った男だった。

　由良と鎌倉の役目は、成田空港から運んできたスーツケースを都内で受け取り、それをREの一員に渡すまでだった。したがって、成田空港のターンテーブルから誰が航空手荷物を受け取って、運び屋に渡したかは分からない。

「何日の何時ごろ荷物が届く」という連絡を、瑠巳加から受けると、指定されたホテルで運び屋を待つのが、彼らの役目だった。


　由良と鎌倉は、道原に追及されて、堺川理三殺害も自供した。

　二人は、堺川に会ったことはなかった。瑠巳加に指示され、堺川が十月八日の早朝、奥穂へ登る。そこを山岳遭難に見せかけて殺せといわれた。

　前日、二人は、涸沢から穂高岳山荘へ登る堺川を、一般登山者を装って観察した。堺川には男が二人同行していたし、彼と一緒に登る登山者が四、五人いた。どうやら、彼の「百名山」踏破を山頂で祝おうという登山者らしかった。

　堺川の足取りを見ていると、かなり疲れているようだった。これまで無理して山行を重ねてきたことが身動きに明瞭(めいりょう)だった。同行者さえいなかったら、指一本を突き出せば彼は岩場から転落しそうに見えた。

　瑠巳加に、堺川には同行者がいることを電話で伝えると、「百名山」を達成したあとはしばらく山に登らないだろうから、奥穂登山がチャンスだ。同行者の目を盗んで殺す方法を二人で考えろといわれた。

　翌朝、堺川は、一行の先頭に立って垂直に近い岩場を登ってくるに違いないと踏んだ。彼の「百名山」達成を祝う人たちが、彼を真っ先に登らせるものと読み、登る者にとって最後のクサリを切ることにした。クサリは岩のあいだのコンクリートに埋め込んだボルトに固定されている。クサリを摑んで体重をかければ転落するように、ボルトを鉄ノコで切断し、岩屑(いわくず)で押さえておいた。

　その細工を終えた由良と鎌倉は、頂上近くで、登ってくる堺川を見下ろしていた――

　由良と鎌倉は、富山県上市署からやってきた広島刑事らに、捕縄を持たれて車に乗せられた。

40

　船木瑠巳加が送られてきた。

蒼ざめた顔の彼女は、黒の丸首セーターに黒いズボンだった。セーターの襟から白いシャツがわずかにのぞいていた。

婦警に付添われて、中庭から入ってくる彼女を、二十数人もの署員が見つめた。彼女は背筋を伸ばし、脇目をふらなかった。

取調室で道原は彼女と向かい合った。

「私とここで会うことになるのを、想像したことがあったかね？」

「ぼんやりと……」

思ったことがあったというのだろう。

警視庁からは、すでに彼女が全面自供したことの報告を受けていた。が、彼女にはあらためて、昨年十月、由良と鎌倉を使って、赤尾杏子と古岩吾郎を殺害させたこと、今年の九月、本条真介を、十月には堺川理三を始末させたことを認めさせた。

「四人とも山登りをしている人たちだった。意図的に山をやる人を麻薬の運び屋に選んだのかね？」

「そうです」

「なぜ？」

「始末しなくてはならないとき、やりやすいと考えたからです」

杏子、古岩、堺川の三人には、彼女が接近して、成田空港での仕事や麻薬の運び屋をさせていた。

「あんたが指示して始末したのは、四人だけか？」

「はい」

「いずれ、由良と鎌倉も、山で消すつもりだったんじゃないのか？」

「考えたことはありません」

彼女は、凍ったような顔でまったく無表情だ。

「堺川さんに、『百名山』踏破を勧めたのは、あんただね？」

「山登りをつづけさせておきたかったからです」

「堺川さんは、あんたの名前だけを暗号にしていたことは、前に話した。彼の遺品の中から見つけた暗号を解き、私たちがあんたに注目するようになったきっかけはなんだったか分かるかね？」

「前に伺ったような気もしますが、忘れました」

「堺川さんは、ダイイングメッセージを遺したんだ。彼は転落した瞬間、あんたにやられたと直感したんだよ」

「そうでしたか」

「堺川さんは、赤尾さんとも古岩さんとも本条さんとも、面識がなかったんだね？」

「会っていないはずです」

会っていたら、彼らが次々に山で死ぬのを知り、瑠巳加に疑いを抱いたはずだ。疑いを持てば堺川は、「百名山」どころか、登山をやめ、瑠巳加の指示する仕事からも手を引いたに違いない。

「堺川さんがあんたの指示でやっていたのは、成田空港で、ココ・モンゴメリー航空の社員に化け、ターンテーブルから航空手荷物を受け取る役目だったんだね？」

「主に、そうでした」

彼女は、表情にまったく変化を見せなかった。

「堺川さんを殺害させた理由は？」

「わたしたちのことを知り過ぎたからです」

「あんたや、あんたと手を組んでいたココ・モンゴメリー航空の社員が、堺川さんをそうさせてしまったんじゃないか」

「ときどき、バカなことをいうようにもなりました」

「バカなこととは？」

「わたしと一緒になりたいだなんて……」

彼女は初めて頰をわずかに動かした。肚の奥で嗤ったようだ。

「あんたは、松本市の堺川さんの部屋へ何回か行ったことがあるだろ？」

「行きました」

「男女の関係ができていたんだね？」

「月に一度ぐらいは、ご褒美に」

寝てやったという顔である。

「彼を好きにならなかったのかね？」

「少しも」

彼女は、頰にかかった髪を、左手で勢いよく払いのけた。

「堺川さんの前にも、空港で彼と同じことをやらせていた人がいたんだろ？」

「彼が初めてです」

それまでは、航空会社の社員が航空手荷物のスーツケースを、到着便出口で瑠巳加に直接手渡していたのだという。

道原は十月三日に宮坂朋恵に電話した女性は瑠巳加かをききかけたが、言葉を呑み込んだ。

瑠巳加も上市署へ移送されることになった。

杏子と古岩を殺させた容疑で取調べを受けるのだ。

廊下にはまた、彼女の黒ずくめの姿を見つめる署員が並んだ。外ではマスコミ関係者が大勢待っていた。彼女は顔も隠さず車に乗り込んだ。フラッシュの閃光を浴びても、真っ直ぐ前を向いていた。まばたきさえしないのではと思われた。

上市署から、由良と鎌倉の自供内容が報告された。

赤尾杏子は瑠巳加の依頼で二回、スーツケースを成田空港から都内のホテルに運んだ。一回目のときは、交通費のみで報酬を支払わなかった。彼女が不審を抱きそうだったからだ。去年の八月下旬、二回目の仕事を終えたとき、前の分と一緒だといって、由良が二百万円渡した。報酬が高額なのは、彼女に秘密を守らせるためだった。

彼女は翌日、瑠巳加の自宅に電話をよこし、金を返したいといった。スーツケースを運んだだけで二百万円ももらう筋合いがないというのだった。

その必要はない、と瑠巳加はいった。彼女は杏子に電話番号以外は教えていなかったので、金を送り返すことはできなかったようだ。

二週間ほどたって、杏子はまた電話をよこした。スーツケースの中身は、危険な物だったのではないかといった。その日の新聞に、関西空港でコカインを呑み込んで、通関しようとした男が、倒れて死亡した記事が載っていた。杏子はこれを読んだものと思われることをいった。

「あなたは、スーツケースを運んで、報酬を受け取った。だけどそれを一切口外しなければいいのよ」

瑠巳加はいった。

「わたしはお金が欲しくて、あなたの頼みを引き受けたのではありません」

杏子は、執拗に金を返したいといい、引き取ってもらえないのなら、その方法を考えるといってきかなかった。

瑠巳加は、近いうちに松本で会うから、それまで金を持っていてくれないかといった。

瑠巳加は、由良と鎌倉に、杏子は危険きわまりない女であることを示唆した。

同じころ、古岩も瑠巳加に電話してきた。彼は運んだスーツケースの中身に気づいているふうで、二千万円貸してくれないかといった。瑠巳加には強請りにきこえた。彼女は、由良たちに古岩の始末も指示した。

瑠巳加は、アメリカの友人に頼んで雑誌を十数冊厳重に梱包して航空便で送らせた。古岩宛にして郵便局で小包みを受け取らせた。一方、杏子の行動を、由良と鎌倉に調べさせていた。すると彼女が立山登山に出かけることが分かった。瑠巳加は杏子の山行日程に合わせて、古岩を立山へ行かせることにした。アメリカから届いた郵便物を立山へ運んでくれと指示し、日にちを指定した。それをやってくれたら、報酬とはべつに二千万円貸そうと約束した。古岩は嬉しそうな声を出した。

室堂で鎌倉が、古岩から小包みを受け取った。山好きの古岩は、次の日、立山登山をするといって、登山装備をしていた。

次の日の立山は小雪だった。古岩を由良が尾行し、真砂岳の登りにかかったところで、突き落とした。

一方、鎌倉は、やはり立山登山に単独でやってきた杏子を尾け、真砂岳の崖から突き落とした。小規模だが雪崩が起きた。

由良と鎌倉は崖下に下り、二人の遺体を発見した。二人は一〇〇メートルぐらい離れたところで死んでいた。杏子の遺体を由良と鎌倉で抱え、古岩の遺体に並べた。二人はまるで心中したように見えた。

そのあと急斜面を登り、ピッケルを使って雪崩を起こした。杏子と古岩は、雪を厚くかぶった——

事件が解決すると、芝本は休暇を取った。

杏子の兄と一緒に、彼女が好きだったバラの花束を背負って立山へ登るといった。

芝本は今回の事件捜査で、多大なはたらきをした。豊科署へ転勤してこなかったら、杏子がかかわった事件を扱うことはなかった。彼は、彼女の最期の場所に花を手向けて、事件解決を報告するのだろう。

道原には何日たっても、事件解決の実感が湧(わ)かなかった。宮坂朋恵の名が、事件関係者の口から、いつ出るかが気になってしかたなかった。

二か月たち、今年もあと数日で暮れようとしているが、朋恵の名はどこからも出なかった。

道原は、朋恵の兄の宮坂から「退職願」をあずかっていたが、そのことを誰にも話していなかった。

すす払いをしている署員が、中庭で焚(た)き火をした。落葉の燃える匂いが刑事課(デカベヤ)にもただよってきた。

道原は中庭に出、焚き火に当たるふりをして、宮坂の「退職願」を二つに破って、赤い火に放り込んだ。

解　説

山前　譲

　長野県松本市に住む五十四歳の男性が「日本百名山」を踏破しようとしている。それを密着取材しての地元新聞の記事が話題になっているとき、大天井ヒュッテから槍ケ岳山荘に向かっていた本条真介が行方不明になったとの連絡が、豊科署にあった。その日、北アルプス・槍ケ岳付近は落雷のあとに激しい雨が降っていた。遭難したのか？

　雨が止んだ数日後、ようやく山岳救助隊が捜索に入る。そして登山コースを外れたところで本条の死体を発見するのだった。豊科署刑事課の道原、伏見、芝本がヘリを使って現場へと赴く。槍ケ岳山頂へのルートを赤い矢印で示していた岩が動かされていた。その岩は簡単に動くようなものではない。何か作為が？

　刑事課の一行のひとり、芝本は豊科署に異動になったばかりだが、去年、北アルプス立山連峰の真砂岳近くで命を絶った恋人の赤尾杏子のことがまだ忘れられない。というのも、東京の営業マンとまるで心中したかのようなかたちで雪渓から発見されたのだが、とても信じられなかったからである。現場は富山県警の管轄だったが、杏子の実家を尋ねたりと、勤務のかたわらこつこつと調べてきたのだが？

梓林太郎氏の『百名山殺人事件』は最初、いくつものストーリーが並走している。それはあたかも険しい高峰を別のルートから登っているようなものだ。そのルートにはミステリーとして興味をそそるさまざまなファクターが待っている。捜査と謎解きを重ねつつようやく登りつめた事件解決という山頂——数ある道原伝吉シリーズのなかでも屈指の長編ミステリーである。

人間は何か目標があるとモチベーションが高まるのは間違いないだろう。たとえば営業ならば、ただ売り上げを増やそうと言われるよりも、今月の目標額を数字的に設定されたほうが、より意識するに違いない。登山もそうだろう。もちろん頂を征すれば達成感はあるはずだが、百名山があると知ったなら、その山々をすべて登ってみたいと思うのは自然である。

文筆家で登山家の深田久弥氏が『日本百名山』と題した著書を刊行したのは一九六四年のことである。その構想は戦前からあったが、一九五九年から『山と高原』に二座ずつ紹介していったものをまとめた一冊だった。読売文学賞を受賞するなどそれは大きな話題となり、以後、そのなかで取り上げられた山々を目指す登山愛好家が増えた。

そのセレクトの基準は、山の品格と山の歴史、そして個性のある山である。著者が実際に登ってのものだけに、そして山岳紀行文の第一人者の手によるものだけに、山の魅力が溢（あふ）れていて、今なお愛読されている。

のちに二百名山とか三百名山も他者によってセレクトされているが、やはり百ぐらいが最初の目標として適当なところだろう。ところで道原伝吉はそのうち何座登ったのだろうか？　あくまでも刑事としての登山が主なのですべて踏破するつもりは彼にはないだろうが、北アルプスには深田久弥選の百名山が多いので、知らず知らずのうちにけっこう登っているような気がする。

もちろん深田久弥選にこだわることなく、独自の百名山をセレクトしてもまったく問題はない。新聞に取り上げられた登山家、堺川理三はすでに各地の百名山に登頂し、仕上げの北アルプスの峰々に挑むため、二年前から松本市に居を構えているのだが、そこでは自分の好みで別の山を拾い上げてもいた。そしてようやく百名山を完遂というときに、ダイイングメッセージとともに不可解な死が訪れる。

一方、豊科署の芝本の恋人、赤尾杏子の死も不可解なものであった。十月末に行方不明となり、遺体となって発見されたのは翌年の四月だが、なぜか男と抱き合うようなかたちだったのである。胃中の食物の消化状態から、二人の死亡時刻には差異があった。杏子とその男、古岩吾郎との接点は見付からない。芝本は東京まで足を延ばして彼女の死の謎に迫っているが、いっこうに手掛かりが摑めないのだった。

そしてこの『百名山殺人事件』における最大の謎は本条の死だ。その死は本来のルートとは違った方向を示していた岩が招いたのは間違いないのだが、岩をどうやって動かしたのかがまったく分からないのである。もちろん重機を持ち込むことなどできない。かといって人力では不可能としか思えないのだ。

ミステリーの魅力はさまざまだろうが、不可能犯罪はとりわけ興味をそそる。誰も出入りのできない密室で発見された死体とか、犯行現場には時間的に立つことのできない容疑者のアリバイとか——人間の知的好奇心を刺激するに違いない。この『百名山殺人事件』では、直接的な殺人方法ではないけれど、不可能興味がたっぷりである。なによりも道原たちがそのトリックに気付くプロセスの自然な流れが、いかにも梓作品らしい。

そのトリックの解明をクライマックスに、人情派刑事として名高い道原の捜査行が、それも苦難の捜査行がつづけられているのが『百名山殺人事件』である。

奥穂高岳など山岳描写はいつもながらの梓作品の魅力だが、そこに東京へと出張しての地道な捜査が重なっていく。最初はなかなか手掛かりが摑めず、道原たちはまさに迷路に迷い込んだかのように悩む。だが、やがて隠れた人間関係が明らかにされていくのだが、その端緒はなんと暗号！

ここまでミステリーの趣向が盛りだくさんな道原伝吉シリーズは他にないだろう。そして、芝本の恋人への思いや、豊科署の宮坂が抱える悩みと、捜査陣の心の動揺も丹念に描かれていく。その捜査陣の連係プレーが、ついに思いもよらぬ大きな犯罪を暴くのだ。明確な道標が最初から見えていないのがミステリーだが、この長編ほど翻弄(ほんろう)される梓作品は他にないだろう。

ミステリー界でもベスト１００とか読むべき百作といったような企画が何度も行われてきた。そうした作品を紹介したガイドブックを頼りに、ミステリーを読みすすめてきた読者は多いはずだ。そしてもし、日本のミステリー界から百名の刑事を選ぶといった企画が、すなわち日本百名刑事といった企画が試みられたならば、長野県警の道原伝吉が必ずラインナップされるはずだ。その道原のシリーズでまず読むべき一作を挙げるなら、それはこの『百名山殺人事件』である。

二〇二二年六月

本書は２００２年７月に徳間文庫として刊行されたものの新装版です。

なお、本作品はフィクションであり実在の個人・団体などとは一切関係がありません。

徳間文庫

人情刑事・道原伝吉

百名山殺人事件（ひゃくめいざんさつじんじけん）

〈新装版〉

2022年7月15日 初刷

著者 梓林太郎（あずさりんたろう）

発行者 小宮英行

発行所 株式会社徳間書店

東京都品川区上大崎三―一―一 〒141―8202
目黒セントラルスクエア

電話 編集〇三（五四〇三）四三四九
販売〇四九（二九三）五五二一

振替 〇〇一四〇―〇―四四三九二

印刷
製本 大日本印刷株式会社

ISBN978-4-19-894756-9 （乱丁、落丁本はお取りかえいたします）

徳間文庫の好評既刊

梓　林太郎

人情刑事・道原伝吉

信州・諏訪湖連続殺人

　知らない子供に何度も後をつけられて気持ちが悪い、という通報が松本署にあった。道原伝吉が事情を聞いたところ、その子供は古谷智則五歳と判明。母親と二人暮らしだが、母親は一週間以上行方がわからないという。やがて母親の他殺体が諏訪湖畔で発見されたのだ！　しかも自宅から現金一億五千万円が見つかり捜査本部は色めき立った……。謎が謎を呼ぶ会心の長篇旅情ミステリー。